僕が殺しました×7

二宮敦人

TO文庫

！

僕は起き上がる。

掛け布団がばさっと床に落ちた。

白い壁、白い天井、整った家具。窓から差し込む日差しが室内を美しく照らし出している。どこかから鳥の声が聞こえてくるようだ。爽《さわ》やかな朝。

綺麗《きれい》な部屋だな。昨日この部屋に入った時はこんなに綺麗だと思わなかったけれど。夜で良く見えなかったからだな。とにかく空いているホテルならどこでもいい、そう思っていたから。

バスローブは汗でびっしょりだった。悪夢を見た気がする。枕元にはシャツとズボンが綺麗に畳んで置いてあった。昨日の記憶は曖昧《あいまい》だが、こんな時でも几帳面に服を畳む自分に苦笑してしまう。

ベッドで体を起こすと棚が視界に入った。その引き出しから嫌な感じがする。見るのも嫌だ。あの中には血塗《ちまみ》れのナイフが、タオルでぐるぐる巻きにされて入っているのだ。あれはそのうち処分しなくてはいけないな。どう処分したらいいんだろう。川に捨てる？どこかに流れついたらどうする。地面に埋める？犬が掘り出すんじゃないだろうか。どこに捨てても、誰かに見つけられる気がしてしまう。引き出しの中で、消滅してくれればいいのに。僕はため息をつきながら、バスルームに入った。

シャワーを浴びる。目を閉じて水の流れだけを感じる。

ああ。殺した。

殺してしまった。

僕はリエを殺したんだ。

なんだろうこの空しさ。あんなに殺したかったはずなのに。殺してやる、殺してやるって毎日つぶやきながら眠りについていたくらいだ。悔しさと怒りとが僕の中でずっと渦巻いていた。この殺意を解放できたらどれだけすっきりするだろうか。水を飲まずに走り続けたマラソンランナーが、ようやく水にありつけた時のような快感があるのではないか。そう考えていたのに、今一つ心は晴れない。

どうしてだろう。だって僕はリエを殺したんだ。憎んでも憎み足りないあいつの人生をこの手で終わらせてやったんだ。

あの顔を思い出すだけで腹が立つ！

美しいその顔。会うと嬉《うれ》しそうに笑い、透き通った瞳《ひとみ》がくりくりと動いて僕を見つめる。そんな天使のような顔で相手を油断させておいて、やることは醜悪。僕が必死にバイトして買ったクリスマスプレゼントの時計を、質屋で換金していやがった。僕に黙って、別の男と付き合っていた。挙句の果てに、その男と結婚したいから別れろと僕に言った。僕が一生懸命バイトしている間、あいつは別の男と遊んでたんだ！　そいつの家に泊って仲睦《なかむつ》まじく結婚の相談をしていたんだ。あんなに清楚《せいそ》で純真なように見せかけておいて、その実二股《ふたまた》をかける淫乱《いんらん》女だったわけだ。いや、二股ですむかどうかわからない。他にも男がいた可能性だってある。

ふざけやがって。

あいつは僕のことをバカにした。真剣に付き合っていた僕の気持ちを踏みにじった。だから僕はやったんだ。あいつに復讐《ふくしゅう》してやった。お前は僕のことをゴミみたいに扱ったけれど、その僕にお前はゴミみたいに殺される。人を陥れれば、報いがある。それを教えてやったんだ。

……僕はやり遂げたじゃないか。

完璧《かんぺき》にやり遂げた。さすがに刺す前は少し躊躇《ちゅうちょ》したけれど、それでも「話って何？」とのんびりした声で聞くリエの腹に力いっぱい刃《やいば》を差し込んだ。リエの上着、ブラウス、皮膚、肉、そして内臓へとナイフが貫通していくのを両手で感じた。ナイフが深々と刺さり、僕とリエの体は近づく。とてもいいにおいがして、温かくて柔らかい体が僕の腕に触れる。

抱きしめたい。

その時そう思った。僕はナイフから手を離してリエを抱擁した。そして生ぬるい液体がほとばしるのを感じて、（これで今日からはイライラせずに眠れるんだ）とほっとした。

リエの頬が、僕の頬にそっと触れる。今、リエはどんな顔をしているのだろう。ふとそんなことを思う。怒っているのだろうか、それとも驚いているのだろうか。もしかしたら笑っているのかもしれない。痙攣《けいれん》するリエの体。そう言えばリエと抱き合ったことは何度もあるが、その時にリエがどんな顔をしているのかは見たことがない。僕は好きな女性が腕の中にいる心地よさを、ただ目を閉じて感じているだけだった。リエもきっとそうだと信じていたけれど。抱き合っている時に、相手の表情を確認するすべはない。面倒くさそうな表情をしていたとしたら。嫌そうにしていたら。嘲笑《ちょうしょう》していたら……。

とても怖くなって、僕は最後までリエの顔を見ることはできなかった。

どれくらいの時間、お腹にナイフを刺したままリエを抱きしめていたかわからない。やがてリエの体からは体温が失われていき、生気が消え、脈は停止した。そして僕は……どうしたのか。よく思い出せない。

とにかく死体を××して、凶器は鞄に放り込み、血塗れの上着も何やら××して、必死に逃げてきてここにいる。××の部分を思い出そうとするが、ぼんやりしていてうまくいかない。とにかく何とかしたんだろう。

……空しい。

このすっきりしない気分は何なんだ。やり遂げた達成感はない。後悔もない。深い悲しみもない。なんだか中途半端な、（やっちゃったな……）という諦《あきら》めに似た感覚だけがある。パックの牛乳をカーペットにぶちまけてしまった時のような気持ち。何だよこれ。普通すぎる。もっと、何というか……今まで味わったことのないような気持ちになると思っていたのに。こんな気持ちになりたくて、リエを殺したわけじゃない。

僕はため息をついてバスルームから出る。

冷蔵庫を開けるとジュースとお酒が何本か入っていた。僕はミネラルウォーターを取り出し、直接口をつけて飲む。その冷たさが喉《のど》に心地いい。

これからどうしよう。

やっぱり逃げるべきだよな。捕まるのは嫌だ。日本の警察はとても優秀なんじゃないかな。ドラマやマンガからのイメージだけれど。リエが行方不明になったことや、殺されたことなんかすぐ割り出して、犯人を探し始めるだろう。警察はスマートフォンのメッセージ履歴などを、見ることができるのだろうか。だとしたら容疑者の僕に辿《たど》り着くまであっという間だ。急いで逃げなければ。どこへ逃げたらいいんだろう。

こういう時どうしたらいいか、わかりやすく載っているマニュアル本があればいいのに。インターネットで検索したら、逃亡のまとめサイトが出てくればいいのに。需要はあると思うんだけどな。税金を安くする方法だとか、ゲームをただで遊ぶ方法は世の中に氾濫《はんらん》しているくせに、今の僕に必要なノウハウはまとめられていない。

とりあえず、海外逃亡かな。空港に手が回る前に国外に出てしまえばいいんじゃないだろうか。飛行機のチケットはどうやって取るんだろう？　とりあえず成田《なりた》まで行き、受付のお姉さんに聞けばいいか。

僕はバッグに服や財布をしまう。半分だけ飲んだミネラルウォーターのペットボトルと、室内に置かれていた歯磨きセットもしまった。

僕が逃亡中の殺人犯ということになったら、家族や友達にも警察から連絡が行くのだろうか。母さんは驚くだろうな。父さんは相変わらず無関心かもしれない。友達はどう思うだろう。そういえば経済学入門のノート、マサオに貸したままだ。別にもう返してくれなくてもかまわないんだけれど。マサオはノートをどうするだろう？　「これ、殺人犯のノートだぜ！」ってオークションサイトに出品するかもしれない。あいつは不謹慎な話でも全然平気だから、それくらいのことはしかねない。政治過程論のレポートの提出期限、昨日までだったか。単位落としちゃうな。でももう関係ない、大学には二度と行けないだろうから。やれやれ、あんなに頑張って勉強した高校時代は何だったんだろう。もう少し遊んでおけばよかったよ。

……なんでこんなことになったんだろうな。

悪いことをした自覚はほとんどない。僕は僕なりに一生懸命生きてきた。勉強もしたしバイトもした、そして恋もした。悲しい気持ちになって、自分なりに感情をなんとか処理しようとした。その結果、リエを殺した。自分にできることをやってきただけなのに、もうこの国で生きていけないんだ。

夏休みに近所の公園でセミの抜け殻を山ほど探して、自由研究のテーマにした。おばあちゃんの家で毎回出てくる、妙に味が薄くて泥っぽい不思議なお吸い物。隣の席のミカちゃんが好きだったけどどうしたらいいかわからなくて、こっそり彼女の消しゴムを盗んで持って帰った。塾の自習室でマサオと単語クイズを出し合い、そこで覚えた単語が模試で出題された。合格発表が怖くて見に行けなかったら、珍しく父さんが仕事を休んで見に行き、喜んで電話をかけてきてくれた……。

なんだよこれ。

どうでもいいようなことがいくつも思い出される。こんなどうでもいいことがたくさん続いていた毎日が、今日からは変わるんだ。世界は変質し、僕は二度と元の世界で生きて行くことはできない。どうでもいいことがひどく懐かしい。

これが人を殺すってことなのだろうか。

人が人を簡単に殺さないのは、死刑になるのが怖いからだと思っていたけれど、違うのかもしれない。死刑なんかよりもずっと嫌なことがあるんだ。今までの世界にいられなくなること。死刑なら、死体は土になって世界に還るかもしれない。でもこうして元の世界から追い出されてしまった精神は、二度と戻ることはできない。これが、罪なのか。

僕は鞄を肩からかける。

ベッドのほこりがお日さまの光を浴びて放つ不思議な香り。穏やかな日になりそうだ。

ドアを開けたら平然とフロントに行って、チェックアウトをすませよう。そして挙動不審にならない程度に早足で駅に行き、中央線に乗る。乗り換えを二回して京成《けいせい》線に乗り、空港へ。安めのチケットで行ける国を探して、出発しよう。新しい国で友達ができるといいな。そして欲を言えば、リエの分の傷を癒《いや》してくれる彼女が見つかったら素敵だ。

よし。

僕は靴をはきドアへと向かう。

その時チャイムが鳴った。

「藤宮《ふじみや》リョウさん、いらっしゃいますよね」

足が震える。ドアの向こうから聞こえる男性らしき低い声に覚えはない。だけどその声は僕の名前を正確に言い当てていた。

「私、藤ヶ丘《ふじがおか》警察署の川西《かわにし》と申します。藤宮さんをお迎えにあがりました」

警官だって。信じられない。こんなに早く突きとめられるなんて。ホテルが通報したのだろうか？　どうやって。いやいや、そんなことよりも今どうしたらいいかだ。窓を破って逃げ出すべきだろうか。ここ、何階だっけ？

「ドア、開けてもらえますか？　藤宮さん、いらっしゃいますよね？」

穏やかな男性の声が響く。クリーム色のシンプルなドアが、ひどく不気味な存在に見える。

「シャワー中かな……？」

川西の独り言。

僕はドアの手前で凍りついたまま、動くことができない。少しでも物音を立てればすぐにドアが蹴破《けやぶ》られるような気がした。

「あの……みんな待っているんで。早く出てきてもらえると助かります」

大勢が待機しているということだろうか。窓の外にも、廊下の外にも。みんな待っている。川西の言い方はひどく落ちついたものだった。もう逃げても無駄、そういう自信の表れかもしれない。

もう諦めるべきか。

ここで強引に逃げてどうなる？

真昼間、人ごみの中を走りまわることになる。追っ手は複数。とても逃げられそうにない。素直に出ていったほうが罪も軽くなるんじゃないだろうか。

……諦め時か。

「はい。今出ます」

僕はロックを外し、ドアを開いた。


川西は背が高く姿勢のいい、真面目そうな青年だった。二十五、六といったところだろうか。制服をきちんと着て僕を見下ろしている。やせ形の体だが筋肉はありそうだ。

「藤宮さんですね」

「はい」

立派ないでたちの川西の前では、Tシャツの上にパーカーをはおり、ジーンズをはいた自分が何だか情けなく感じた。

「ひょっとするとご存知かもしれませんが、榊《さかき》リエさんの件でお話ししたいことがございます」

「はい」

やっぱりそうか。もう全てばれてるんだろうな。僕が殺したことも、僕が逃げようとしていたことも、僕がリエと付き合っていたことも。できれば知られたくなかった。犯罪がばれたのが嫌というよりは、僕とリエとの関係は二人だけの小さな秘密にしておきたかった。

「すみませんが、別室を用意してありますのでそちらにおいで願えますでしょうか」

「わかりました」

「話が早くて助かります。では、ついてきてください」

はきはきと話す川西。敬語を使い慣れているのだろう。オイデネガエマスデショーカなんて、僕の口からはとても出すことができないリズムだ。

川西のあとについて廊下を歩く。時々僕がついてきているか確認する川西。その目は人の良さそうな雰囲気に満ちているが、鋭い光を発していた。別にここで逃げようなんて思わないよ。もう僕は諦めているんだ。ため息をつく。

自白を促されたら、どこから話しだしたらいいのだろう。リエと僕との馴れ初めから話した方がいいだろうか。せっかく自白するのだから、僕が殺すに至った動機はちゃんと伝えておきたい。リエにひどいことをされたから、殺さざるを得なかったということをわかって欲しい。うまく説明できるだろうか？　自分がやったことを筋道立てて説明するのは、意外と難しい気がするぞ。少なくともバイトの面接で志望動機を言うよりも難しそうだ。それともそのあたりは、ベテランの聞きとり役の刑事がうまく質問して引き出してくれるのだろうか。

少し緊張しつつ歩くと、正面にドアが見えた。

「こちらです。もう皆さんお集まりなので、お好きな席にどうぞ」

僕はおずおずとドアに歩み寄る。ノブに手をかけると、ドアはすっと開いた。

なんだここは。

川西に促されて室内に入る。さっと室内の視線が僕に集中した。

そこは会議室のような一室で、中央に大きな円形のテーブルが置かれている。そのテーブルを囲むように椅子が並べてあり、三つほどの空席を除いて人が座っていた。人数は五人。みんな静かに僕を見つめている。その中には見覚えのある顔もあった、カナミだ。

佐久間《さくま》カナミはリエの部活の先輩だった。リエ、カナミ、僕の三人で遊びに出かけたこともある。明るくて頼りになる姉御肌の女性だ。いつだったか、ファミレスで「リエのこと幸せにしなかったら許さないわよ」と肘《ひじ》でつつかれたのを思い出す。

こんなことになってしまって、どんな顔をしてカナミと会えばいいのか。

カナミは僕の姿を認めると、すっと目をそらした。僕は俯《うつむ》きながら空いている席へと歩く。

カナミ以外は知らない人だ。中年の女性から小学校高学年くらいの少年まで、色々な人が集まっている。行儀よく椅子に腰かけている大人しそうな女の子もいれば、だらしなく足を開いたままの金髪の男性もいる。みんな、リエの知人なのだろうか？　これから僕に対して、全員で尋問でも始めるのだろうか？

入学式なんかで使うようなパイプ椅子に僕は腰掛ける。ギシッという音がしてパイプ椅子は僕の体を支えた。

尋問じゃないかもしれないぞ。犯人を前にして関係者が尋問、なんてことを警察がさせるとは考えにくい。ひょっとしたらこれはリエが行方不明になったということを、関係者に説明する会なんじゃないか？　僕だってリエと付き合っていたわけだから、会に呼ばれても別におかしくはない。そしてこの会でリエの普段の動向について警察から質問されたり、アリバイを確認されたりするんじゃないか。

だけど、それにしては手配が早い気もする。僕がリエを殺したのは昨日の夜だ。昨日の今日で、こんな会議を開くことができるだろうか。

わからない。どういう集まりなんだこれは。

事件が起きたら、もしくは事件に巻き込まれたら、実際にはどういう手順で物事が進むんだろう。体験したこともないし、そういうことを習ったこともない。まったく情報不足だ。とにかくこの会の趣旨が誰かによって説明されるまで、下手なことは言わない方が良いだろう。

僕は下を向いたまま、誰とも目を合わせないようにして静かに呼吸を整えた。

〈第一回ミーティング〉


「ええと」

川西が手にした紙を見つめて何やら確認している。

「あ……っと、数え間違えるところだった……よし。これで、全員揃いました」

そしてちょっとだけ笑顔。

川西からは、何となく小物臭が漂っている。警察の中ではどういうポジションなのだろうか。椅子に座っている僕含め六人はそんな川西を見つめる。誰も一言も発しない、重々しい空気。川西だけがお気楽なムードだ。

「皆さん、すみません。お待たせしました。それではミーティングを始めます」

川西は席に座らず、入り口近くの中途半端なところで立ったまま全員に呼び掛けている。

さあ、始まるぞ。一体何のミーティングなのか説明されるはずだ。どんな内容でも動揺するな。明らかに自分が犯人であることがばれているようだったら、素直に自白する。そうでないようだったら、素知らぬふりですますんだ。事件当日のアリバイを考えておいた方がいいだろうか。家で勉強していたということにするか。いや、違う。このホテルに泊まっていたんだ僕は。家で勉強しようとしたが能率が上がらないので、ホテルで缶詰状態で勉強することにした。ちょっと苦しいけれどそれでいくか。

「何人かにはすでにお伝えしたかもしれませんが、榊リエさんが殺害されました。このミーティングは、それに関するものです」

待てよ。ホテルの部屋にはまだ僕が使ったナイフが、凶器が置かれている。引き出しの中に入れっぱなしだ。あれを見つけられたらどんな言い訳も利かない。できればどこかで席を外して……処分してしまいたいな。忘れ物をした、とかそんな理由で抜けられればいいのだが。

「関係者の皆さんには、お悔やみを申し上げます」

川西が頭《こうべ》を垂れる。

やっぱり集められているのは関係者か。どうも僕も関係者の一人として集められているような感じだ。悲しんでいる素振りをした方がいいかもしれない。難しいな。

それにしても何なんだこの空気は？　座っている人たちはみんな口をつぐんだまま、無表情に川西を眺めている。まるで川西の様子を窺うように。もっと悲しんだり、号泣したり、やり場のない怒りを警官にぶつけたりするものなんじゃないか。本当に関係者なのか？　どこかよそよそしさを感じる。

「本来なら私なぞは、皆さんの前に出てはいけない存在でしょう。しかし、このようにお集まりいただいたことは何かの縁だと私は思います。ですので、せっかくですから……。いやせっかくですからという言い方はどこか失礼ですね。すみません。ええ、この機会をきちんと活《い》かすべきだと考えまして、皆さんに私はきちんと説明しておきたいと思います」

川西は汗を拭《ふ》きながら話し続ける。冗長な話し方だ。時折肘のあたりを手のひらでなでるのは、彼の癖らしい。

「ご理解いただけないかもしれませんが、どうぞ冷静にお聞きください」

僕は固唾《かたず》をのんで、川西の次の言葉を待った。

「ええと。つまりですね。榊リエさんを殺害したのは私です」


ん？

目の前で川西が言ったことが理解できない。

何だって。どういうことだ。

他の人も同じく困惑しているのか、ざわざわと室内に動揺が広がっている。

「もう一度言います。私が榊リエさんを殺しました。私が、犯人です」

僕は夢でも見ているのだろうか。

榊リエを殺したのは僕だ。まぎれもなく僕だ。なぜ川西は自分が犯人だと言う？　そんな嘘を言って一体何の得がある？　殺人犯が「自分は犯人ではない」と嘘をつくならわかる。それが正しい行為かどうかは別として、自分の身を守るための行動として理解できる。

川西は真逆。自分が犯人だと宣言した。そんなこと、自分に無駄な疑いを向けるだけの行為なのに。もし他の証拠がなかったら本当に真犯人とされてしまう可能性だってあるのに。しかもそれは嘘なのだ。僕が真犯人である以上、川西の発言は嘘でしかない。今ここで「自分が犯人だ」と嘘をつくメリットがどこにあるんだ。

僕の首から背中にかけて嫌な汗が出始めた。

理解できない状況に混乱している。

「何を言っているんだ……？」

「え？　お前が？　リエを？　……え？」

「そんなはず……」

テーブルの周りに腰掛けている人たちもみんな混乱しているようだ。そりゃそうだよ。関係者が集められた中で、突然警察官が犯行を自白。あり得ないシチュエーションだ。

「まあ皆さん、お気持ちはわかりますがまずは落ちついてください。私が犯人なのは事実なのです。これから自白をさせていただきますので、聞いていただければと思います」

川西が全員に呼びかける。

自称・犯人の川西が一番落ちついている。みな、川西の妙なペースに巻き込まれてしまっている。

戸惑う全員を前に、川西は話し出した。

・川西シンスケの自白

では、順を追って説明させていただきますね。

実は私とリエさんとはずっと好き合っていたのです。しかしお互いに結ばれえぬ事情を

抱えていました。私は妻子ある身です。優しく勤勉な妻、利発で健康な娘。離婚する理由もありません。リエさんはまだ高校生。それも彼氏がいるようでした。高校生というだけでも私たちの前には大いなる障害なのに、お互いに連れ合いがいるという悲惨すぎる状況……私は運命の皮肉さを呪わざるを得ませんでした。

何やら川西がわけのわからないことを言い始めた。僕の混乱は一層進む。だけど待てよ。これはラッキーとも言える。川西のおかげで僕は疑われずにすむかもしれないわけだ。

僕が混乱しているように、周りの関係者も全員混乱している。なら無理に動揺を隠さず、周りと合わせておけばいい。周囲に溶け込んでしまうんだ。そうすれば川西が真犯人ということになり、僕は普通の生活を失わずにすむ。何の問題もなく、もとの日常に戻っていけるんだ。それって素晴らしいじゃないか。

しかし私たちは真実の愛を求め続けました。それだけ私にとってリエさんは、リエさんにとって私は、大切な存在だったのです。例えるなら、世界に生まれ落ちる時に離れ離れになった肉体の一部。二つ揃って初めて意味を成せる存在。リエさんがいることで私にとっての世界は意味を持ったのです。それはつまり、リエさんが世界そのものにも等しく大切だったということなのです。私たちは真実の愛に生きていた。どうかそれだけは、わか

ってください。

川西の目は真剣だった。そして少し潤っていた。自分の言葉に酔っているのか。危険な雰囲気を漂わせている。身振り手振りを交えて熱く語っているが、その内容はなんだかよくわからない。

でも我慢して聞こう。

彼が僕の身代わりに逮捕されてくれるのなら、こんなにありがたいことはない。彼の屁理屈くらい聞いてやっても構わない。

そうだ、大体リエなんかのために僕が人生を失うなんておかしいんだ。リエは不真面目に生きていた。僕は真剣に生きていた。僕は不真面目なリエを「処罰」しただけ。それなのに僕がペナルティを受けるなんて公平じゃない。僕には胸を張って人生を楽しむ権利があるはずなんだ。そのあたりのことをやはり神様はわかってくれているのだろう。だから神様は僕の前に、この川西という男を遣わしたんだ。融通の利かない人間社会の中で、罪のない僕を救うためのスケープゴートとして。

私とリエさんが最初に出会ったのは、交番の前でした。その時私は職務についていたのですが、リエさんが落し物の傘を届けに来てくれたのです。今どきこんな心の美しい人がいるのだと感動したのをよく覚えています。そしてその美しい容姿。見た瞬間、全身に電

撃が走りました。もう恋は始まっていたのです。

持ち主がお礼をする際に必要なので、住所とお名前を紙に記載してください、私はそうすすめましたがリエさんは断りました。お礼などいらないと言うのです。なんと心の美しい人なのでしょう。仕方がないので私はリエさんがトイレに立ったすきに彼女の定期入れを鞄《かばん》から取り出し、素早くコピーしてまた元に戻しました。榊リエさんという素敵な名前であることはこの時知りました。

まさに運命的な出会いでした。

それから私たちは徐々にお互いのことを知っていきました。いえ……少し見栄をはりましたね。言いなおします。最初は私が彼女にぞっこんだったんです。ですから積極的なのはもっぱら私の方でした。着ていた制服から私は彼女の通学する高校を突きとめました。私立藤場台《ふじばだい》高校、女子校です。警察の調査だと、校務員をうまく言いくるめて夜間に校内に入り込み、彼女の名簿を見ました。それからが苦心しましたよ。そこでリエさんの家族構成や、住所を知ることができたのです。それからが苦心しましたよ。何より接点がほとんどありませんからね。どうやって仲良くなればよいのか、ずいぶん考えましたよ。

ノロケ話をしているつもりなのか、照れるように頬をかく川西。

この男、ちょっと普通じゃないぞ。何だか嫌な感覚が僕の首筋を撫《な》でて行く。

ここでは私が警察官という職業であることが幸いしました。私は毎夜パトロールという名目でリエさんの家の近所を歩き回り、彼女と触れあう時間を増やしたのです。リエさんも最初は戸惑ったようでしたが、次第に心を開いてくれました。

いい笑顔の川西。

「……心を開いたってそれ……本当なの？」

椅子に座っている小学生くらいの少年が質問をした。

もちろんですよ。その証拠に何度も目を合わせてくれたんです。

「目をって……」

それも、夢見るような瞳でした。

「川西さんが、そう勘違いしているだけじゃないの？」

何を言ってるんですか？　明らかに私に目を合わせてくれるんですよ。それだけじゃない。私が他のものを見ている時でも視線を感じるんです。視界の端で、背中で、感じるん

です。リエさんの熱っぽい視線ですよ。他の男を見ている時とは全然違うんです。好ましい感情の中に恥じらいの混ざった、何とも可愛らしい視線なんですよ。あれは間違いなく、恋をする女の目ですよ。

「いやだから……それは川西さんの勝手な思い込みかもしれないでしょ」

何を言ってるんですか？　何を言ってるんですか？

「だから」

何を言ってるんですか？　何を言ってるんですか？　いや、正直わかりません。何を言ってるんですか？　わかりません。どういう意味なんでしょう。あなたが何を意図して何を考えて何を言っているのか、私にはわかりません。説明してもらってもいいですか？　どういうことでしょう。何を言ってるんですか？　あの、日本語で言ってもらってもいいでしょうか？　すみません……すみませんね、私わかりません。あなたは何を言っているんですか？

「……」

「ん？　ああ、ええと……？　あ、そうだ……っとあれ何だっけ。そうそう。んああ。そうでしたね、そうそう、そうですとも。話を続けましょう。そうして私たちは付き合うことになったのですよ。禁断の愛ってやつです」


川西は首を傾けながらにこにこと笑う。眉間《みけん》に皺《しわ》が寄っていた。

こいつ変だ。


「もちろん付き合うと言っても、私たちはデートに行くようなことはしません。肉体関係なんてもっての外。お互いに連れ合いがいるのですからね。私たちは二人とも常識人でしたから、一線を越えるようなことはしませんでした。

そうですね、できたことと言えばほんの些細《ささい》なこと。例えば私が電話をして、彼女の声を少し聞かせてもらうですとか。もちろん私は言葉を発することはできません。そんなことをしたら二人の関係が誰にばれるかわかりませんからね。一方通行に聞くだけですよ。

あとはまあ道を一緒に歩いたり、一緒に買い物をしたり。一緒と言っても私とリエさんの距離はかなり離れていますよ。それもお互いに知らないふりをしています。他人が見れば、無関係の二人がたまたま同じお店にいるとしか見えないでしょう。

その程度の関係ですよ。場合によってはリエさんは他の男性と一緒にデートをしているように振る舞いつつ、私と一緒に店にいる……そんな日もありました。同じ空間にいられるのはとても楽しいのですが、やはり辛《つら》いものがありましたね。私はリエさんに触れることすら叶《かな》わないのですから。そういう意味では、リエさんと付き合っていたリョウ君……あなたが羨《うらや》ましくてたまりませんでしたよ。

いいなあ。私もリエさんと手をつないで街を歩きたかった。リエさんとキスをしたかった。リエさんを抱きしめたかったですよ。切ない。本当に、切ないです。

川西はじろりと僕を見る。本当に悲しそうな目だった。

この集まりは何なんだ？　僕は途方に暮れる。警察が開いた集まりではなさそうだ。どこかで川西以外の警察官が飛び出してきて、川西を逮捕するのかと思っていたがそんな気配はない。

川西が勝手に関係者を集めて、自分のおかしな妄想を語るための会なのだろうか。趣旨が見えない。

それでも私も男性。リエさんに対して性的な欲望を感じたこともありました。しかし必死で我慢してきたのです。妻の顔をリエさんだと思いながら、行為をしてみたりしてね。リョウ君、顔をしかめないでください。私としては真剣に悩んだ末の行動だったのですよ。

しかし、そんな私のことを察してくれたのでしょう、リエさんは時々私の前に可能な範

囲で肌をさらしてくれました。例えばお風呂《ふろ》の時間。何ということもなく窓を少し開いておいてくれたり。部屋で着替えをしている時、カーテンをわずかに閉めずにおいてくれたり。その心配り、本当に優しい女性なのだと感激しました。私は自らの欲望を恥じらい、嬉し涙を拭きながら小型カメラで撮影させていただいたものです。

そうです、これは説明しておかなくてはなりません。クリスマスの日には彼女は私にプレゼントをくれました。プレゼントは何と言うかその、まあ下着です。女性の。もちろん直接手渡ししてくれたわけではありませんが、どうぞ持って行ってくださいという形でベランダに干しておいてくれたのです。リエさんと心が通じ合っている私にはすぐにわかりました。あれは私へのプレゼントだと。

僕の背中に冷たいものが走る。

クリスマスだって？

去年の年末、まだ僕とリエが仲良くしていたころ。デートでお台場《だいば》に行った時があった。その時リエは何と言っていた？　下着売り場で下着を買いながら、僕に何か言っていた。

「お気に入りの下着が盗まれちゃったの。クリスマス、リョウ君と遊園地に行った日だよ。うっかり油断して夜中まで洗濯物を干しっぱなしにしちゃったんだ。下着泥棒って本当にいるのね。怖いわ」

……クリスマス。

もちろん私はそれを大切に持ち帰りました。何か神聖な気がして、宝石箱に入れて保存してあります。私の一生の宝物です……。

変態野郎。しんみりしながら言う台詞《せりふ》じゃないだろう。

こいつ、妄想をしゃべっているわけではない。実話だ。少なくとも、川西がリエのストーカーをしていたのは事実のようだ。気持ちが悪い。本当に気持ちが悪い。

僕とリエのデートもどこからか見ていたというのか。二人でご飯を食べに行く時も、ベンチでおしゃべりをしている時も。全然気がつかなかった。僕は全然気がつかなかった。

リエはひょっとしたら、勘づいていたのかもしれない。

「最近変な人に見られている気がするの」

そんなことを言っていた。あれはどこで聞いたんだっけ。渋谷駅前のハンバーガーショップだっただろうか。

その時僕は何と答えた？

「リエは美人だからね。見とれてしまう男がいても不思議じゃないよ。僕だってうっかり見つめちゃうもの」

「何よそれ」

「だからまあ、気にすることはないってことさ。『あなたは美人です』って褒められているのと同じことだと解釈して、ポジティブにとらえていればいいんだよ」

「うーん、そうかなあ……」

「心配しすぎだよ。そんな表情も可愛いけどさ、リエ」

……そんなやり取りをした気がする。

僕はバカだ。

本当にバカだ。

こんな危険な男にストーカーされていたんだ。リエは悩んでいたのかもしれない。怖かっただろう。それを僕は、アホの口説き文句みたいな言葉で適当に流してしまった。僕は何もわかっちゃいなかった。

彼氏、失格だ。

いやいや、待て。リエは僕を裏切ったんだ。僕をゴミみたいに扱った糞女《くそおんな》なんだぞ。だから僕が彼氏失格とかそんなことはもうどうでもいいんだ。リエは憎むべき悪なんだ。自分が情けないとか、そんなことを考える必要はない。


色々と苦労はありましたが、私は愛する女性と時間と空間を共有できて幸せでした。本当に幸せでした。このまま年老いていくのも悪くはないと考えていました。だけど、終わりの日は突然やってきたのです。

リエさんは……結婚することになったのです。

その言葉を聞き、反射的に僕の心に炎が宿る。

そうだよ。リエは、僕を捨てて他の男と結婚すると言いだしたんだ。裏切りだ。そんなことは普通に考えてありえない。やっちゃいけないことだ。あの女め。僕、しっかりしろ。あいつを憎み続けなければ。何のために殺したのかわからない。


彼女の鞄に設置した盗聴器からその事実を知った時、私の心に物凄《すご》い嫉妬《しっと》が生まれました。どうしてかはいまだにわかりません。リエさんに彼氏がいることはそんなに気になりませんでした。私よりも彼氏の方がリエさんとの距離が近いことも平気でした。心と心の距離は私とリエさんの方が近いと信じていたからです。それでも……それでも……なぜか、結婚だけは許せませんでした。


顔を覆い、むせび泣く川西。心から悲しんでいる。愛する女性が自分のものにならなかったこと。そして、嫉妬してしまう自分の醜さをも。その涙はなぜか悔しいことに、純粋なものだと感じられた。まあそれでも変態には変わりないのだが。

一瞬だけ、怒りからリエを殺してしまった僕の方が、川西よりもずっと人として間違っている、そんな錯覚を感じた。僕はため息をつく。

室内にいる人間の反応は様々だった。眉間に皺を寄せて川西を睨《にら》んでいる者、無表情で聞き続けている者、頭を抱えている者……。この中にはリエの親族もいるのだろうか。身内をストーカーしていた男の話など、聞きたくもないだろうに。とりあえず全員が静かに聞いている。聞き終わってから怒りをぶつけるつもりなのかもしれない。

私自身は結婚しているのに、リエさんが結婚するのが許せなかったのです。その気持ちに気がついた瞬間、私は愕然としました。何と愚かなのか。私は家庭もリエさんも失いたくなかったのです。それまで真実の愛に生きていると考えていながら、私はそんな浅いレベルでしか彼女を愛せていなかったのです！

ううう。

すみません、お見苦しいところをお見せいたしました。

私は、自分の傲慢《ごうまん》さを恥じました。そして、覚悟を決めることにしました。

私は家庭を捨てます。選ぶのです。優先順位の高い方を、リエさんを。よく考えてみれば、もっと早くそうしていればよかった。そうしたらリエさんと私は何の問題もなく付き合えたのかもしれません。お互いに連れ合いがいるから正面切って付き合えないだとか何とかは、ただの現実逃避。逃げの発想だったのです。そう思うと何ともやるせない気持ちでしたが、ようやくその事実に気づけたことをまずは嬉しく思いました。一歩、前進です。

でもすぐにはうまくいきません。だって、急に私とリエさんが付き合ったら悲しむ人がいます。私の妻も、娘も悲しがるでしょう。リエさんとすでに結婚が決まっている人も悲

しがるでしょう。その悲しみを癒すことなど私には到底できません。その悲しみを見ないふりして生きて行くことも私にはとてもできはしません。結局、選択肢は一つしかありませんでした！

……リエさんを殺して、私も死ぬ。

死後の世界で付き合うのです。それが一番いいのです。死ぬことで妻や娘、婚約者を捨てる罪を私たちはつぐなうことができます。彼らは諦めがつき、この世界でまた新しい幸せを見つけることができるでしょう。そして私たちは死後の世界で幸せになれる。全員が幸せになれる。最適な選択肢はこれなのだと、私にははっきりわかりました。

わけのわからない理屈だ。しかし彼の中では厳然たる事実なのだろう。狂気じみた瞳。川西は真剣だった。

その計画を帰宅中のリエさんに告げると……デート帰りでした、私は少し後を一緒に行動していたのでわかるのですけどね……すぐに同意してもらえました。いえ、もちろん言葉ではためらいを見せていました。それはそうでしょう、突然私が現れて一緒に死んでくださいと言ったわけですからね。しかし……目では賛成の意思を私に伝えていたのです。私にはわかりました。何も言わずとも、その目で全てがわかりました。

私は初めて彼女の体に手を触れることを自分に許しました。

リエさんの首筋はとても柔らかくてとても滑らかで、そしてとても温かかった。白く美しく、肌の奥の筋肉の繊維や血管の感触もすべてが想像以上のものでした。この世にこんなにも美しい構造物があるのだろうか。私はリエさんの首を絞めながら感動のあまり泣き出しそうになりましたよ。

ゆっくりと空気を肺に送りこむリエさんの気管。力強く血液を脳に運ぶリエさんの動脈。まるで私の手のひらをゆっくりと愛撫《あいぶ》するように脈動するリエさんの「くだ」たち。それらと声にならない会話をしながら私はゆっくりと手に力を込めて行く。愛を感じました。狂おしいほどに。

次第にリエさんの全身が無抵抗になり、私に心を委ねて行くのがわかりました。時々痙攣するリエさんのいたずらっぽさに思わず笑みを浮かべながらも、二人が永遠の幸せで結ばれることを確信して、私は力いっぱい彼女の首を「両手で抱きしめ」たのです。

……これで私の自白は終わりです。ご清聴、ありがとうございました。

川西は深い満足のため息とともに、語りきる。

室内に奇妙な沈黙が漂う。

みんな怒りに燃えているのだろうか。この最初から最後まで勘違いをしたストーカー男の、自分勝手な愛の実現方法。遺族の心情を逆なでするには十分すぎる話だった。

僕も例外ではない。

あんな結果になってしまったが、僕とリエは付き合っていたのだ。裏切られるまで、僕はリエのことを本当に愛していた。結婚するつもりだった。他の女なんて一切目に入らなかった。それだけ真剣に付き合っていたのだから、実際のところリエが憎むべき糞女だったとしても……リエに対する情というものがある。

そのリエを自分勝手に殺害する川西の話は、ひどく不愉快なものだった。それも美談か何かのように語り、自分に酔っている様は醜悪極まりない。

それでも僕が川西に殴りかからなかったのは、僕だけが知っている一つの事実があるからだ。

リエを殺したのは、僕であること。

それゆえに、川西がリエを絞殺したというのは嘘だということ。

下着を盗んだり、尾行をしたりしていたところまでは本当のようだ。だけど最後の瞬間だけは、嘘であることは間違いない。そこはこいつの妄想だ。

妄想のはずだ……。

しかし川西が語ったリエ殺害の瞬間は、どこかリアリティがあった。まるで実際にあったことのように。どうしてだ。その違和感が、僕を困惑させている。

「そして私は彼女の遺体を処分しました。処分と言っても、そんなに難しいことはしません。犯行を隠す必要はありませんから。何とか逃げ延びて長生きしようとする殺人犯とは違うのです。私はすぐに命を絶つつもりです。リエさんと離れ離れでいる時間はできるだけ短くしたいですからね。でもその前に……せっかくリエさんと関係の深い方々にお集まりいただけていたので、説明だけさせていただこうと思った次第なのです」

ぺこりとお辞儀をする川西。

「繰り返しになりますが、ご清聴いただき誠にありがとうございました。さて……おや、こんなところにちょうどいいものが」

川西は部屋の隅へと歩み寄る。この会議室の四隅には綺麗に装飾されたライトが天井から吊るされている。川西が近付いたライトには、ロープのようなものが巻きついていた。

「何ということでしょう？　このロープ、非常にいい場所に、ちょうどいい長さで置かれています。まるで誰かが私のために用意してくれたように思えますね。ひょっとしたら、天国のリエさんが準備してくれたのでしょうか。いえ、そうに違いません。優しい女性でしたから。電車の中でお年寄りが困っていたら席を譲る、野良猫には餌を与える……いえ、まあ恋人の自慢話はもういいですね。では私はこのあたりで首を吊り、皆さんにさようならしたいと思います。リエさんをあまり待たせたくはありませんから」

ロープを二、三回引っ張って強度を確かめると、川西はニコッと笑う。

「最後にもう一度だけ、くどいかもしれませんが説明させていただきますね。リエさんが亡くなって、皆さんは悲しいかと思います。でも心配はいりません。リエさんは死後の世界で、最愛の男性である私と永久に結ばれるのですよ。私は彼女を必ず幸せにします。リエさんも私を世界一の幸せ者にしてくれるでしょう。ですから皆さんは何も不安に思う必要はないのです。リエさんは最高の幸せをこれから味わっていくのですよ。皆さんも自分の幸せを考えて、楽しく生きてくださいね。そして時々空を見上げて、幸せそうに笑う私とリエさんの顔を思い出してください。……それでは」

「いい加減にしろ！」

しまった。

全員の目が僕を見つめる。つい反射的に、大声を出してしまった。

やってしまった。

川西もぽかんとした顔で、僕を見ている。

「……いや……。えっと。そうだ、さっきから、自分勝手な理屈ばかり並べて！」

言ってしまったのだから仕方ない。僕は感情のままに続ける。

「何がリエが幸せになった、だ。最愛の男性と永久に結ばれる、だ。ふざけるなよ。お前のただのわがままな思い込みにすぎないんだよ。一度でもリエが幸せだって言ったか？死んで一緒になりたいって言ったか？　妄想でリエの気持ちを捏造するな。リエをバカにするな」

罪に問われるだとか、罪を川西に押し付けられるだとか、どこかに吹っ飛んでしまった。それよりもリエをバカにされたのがひどく腹立たしかった。自分までバカにされた気分になる。僕は我慢できなかった。言ってやる。全部言ってやる。こいつの妄言を否定してやる。

「リエさんは言葉で明確に、私に対する愛情を表現したことはありませんでしたね。でもそれは彼女が繊細で、かつ恥ずかしがり屋さんだからです。私にはわかるのです、目を見ればわかるのです」

「それが思い込みだって言ってるんだよ。僕はずっとリエと付き合ってたんだ。僕が大学に入ってすぐ付き合いだしたから、もう一年近くになる。リエは思ったことははっきり言う女の子だった。お前みたいな変態がリエのこと、わかったような口利くな」

「なるほど、リョウさんが私とリエさんとの真実の愛に嫉妬する気持ちはわからなくもないですが、しかし……」

「誰が嫉妬だ！　いいか、お前は嘘つきだ！　大嘘をついている。僕にはそれがわかるんだよ」

「嘘？　何が嘘なんですか」

さすがに言う瞬間、躊躇する。

いいのか。自白に等しいことを、しようとしているぞ。

構わない。

今、こいつがリエを殺したことになってしまうよりマシだ。

こいつが変な満足を抱えて、自殺する前に言わなくては。

「リエを殺したのは、僕だ！　僕がナイフで刺し殺したんだ！　お前は嘘をついている」

僕ははっきりと宣言した。

〈第一回ミーティング終了　休憩時間：十五分〉

呆けた顔の川西。何か反論しようとするのだが、僕の言ったことがよくわからないようだった。僕は自分の放った声が室内で響き渡るのを感じながら、川西を睨みつける。室内にいる他の人たちは、川西と僕の顔を交互に見つめて怪訝《けげん》な顔をする。ざわめきが広がる。みんな混乱状態だ。

その時、会議室にチャイムのような音が響き、放送が流れた。

休憩時間です
ミーティングを終了してください
休憩時間です
ミーティングを終了してください

「休憩時間……？」

機械的な女性の音声がスピーカーから流れて消えた。

「何だ今の放送？」

「休憩していいってことみたいですね」

「は？　休憩？」

あちこちから声が聞こえる。

「そうだ、あの資料を見ればわかりますよ。確か、休憩時間について書かれている項目があったはずだから……」

川西がロープから手を離し、演台へと近づく。

「やっぱりそうですね」

演台の中から紙を取り出し、確認する川西。

「休憩時間は十五分らしいですよ」

「お前、何見てるんだ？　それ何だ？」

「え？　説明書みたいな資料ですけど。私だってこれが何かなんて知りませんよ。最初からこの部屋に置かれていたんです。皆さんの方が知ってるんじゃありませんか？」

「説明書？　ちょっと見せろ」

金髪の男が川西から乱暴に資料を奪い取り、テーブルに広げる。

「何だこりゃ？」

僕もその資料を覗《のぞ》き込む。


資料一枚目。

・要綱を次に定める。

1、会議目的の項　可及的速やかに真犯人を特定せよ。
2、会議時間の項　ミーティング時間は一回六十分。
3、休憩時間の項　休憩は一回十五分。
4、休憩場所の項　喫煙所は演台左の扉。禁煙の休憩スペースは演台右の扉。自動販売機あり。一人に一つ個室も割り当てられている。使用は自由。
5、会議終了の項　会議目的が達成された場合会議は終了する。それ以外に会議が終了する可能性はない。

資料二枚目。

・参加者

川西伸介　カワニシシンスケ
坂倉圭子　サカクラケーコ
吉田満　ヨシダミツル
榊依子　サカキヨリコ

桜井和義　サクライワギ
藤宮亮　フジミヤリョウ
佐久間香奈美　サクマカナミ

みんなリエのこと嫌い

以上

「どういうことだよ。この資料」

　金髪にサングラスの男がつぶやく。

「知りませんよ。私に言わないでください。最初からこれはここに置いてあって、私はただそれを読んだだけなのですから」

「えっ？　このミーティングって、お前ら警察が開催したんじゃないのか？」

「違いますよ。これは何か別の集まりなんでしょう？　確かに私は警察官ですが、ここにはたまたま居合わせただけです。警察としての仕事とは無関係。ただ、この『参加者』の一覧を見てリエさんの関係者が多いことに気がついたんです。なので、せっかくだからこの機会に皆さんに私の愛について説明させていただこうと思っただけです」

「はあ?」

声を荒げる金髪。

「すみません。偶然に便乗して、皆さんの貴重な時間を使ってしまったことには謝ります。だけど皆さんにきちんと説明しておいた方がよいかと思いまして。中にはまだ個室でお休み中のところを、無理に起こして参加させてしまった方もいましたね。すみません、私が早くお話をしたいという思いから、そういうことをしてしまいました」

「はあ……?」

金髪の男はぐしゃぐしゃと髪をかきむしると、天井を見上げる。

「じゃあ、この会議は誰が開催しているんだ……?」

だん!

金髪の男がテーブルを両手で叩《たた》き、立ち上がる。

「わけわからん。オレはタバコ吸ってくる。せっかく休憩時間だって言うからな。お前らも適当に休憩したらいいんじゃないのか」

舌打ちをしながら、金髪の男は演台左側の扉、「喫煙所」と書かれている扉の奥へと消えて行った。

室内には何か不気味な沈黙が漂っている。川西も自殺する気をなくしたのか、ぼんやりと壁にもたれかかっている。他の人たちも不安そうな顔で誰とも目を合わせずに黙り込んでいた。

不安なのは僕も同じだ。わけのわからない不安。

つい数分前までの、警察に捕まるかもしれないとかそういった不安とは違う。さっきの「放送」と「資料」だ。あの二つの異物が空気を一変させてしまった。このミーティングは明らかに計画的に行われているが、川西は警察が開催しているわけではないと言う。じゃあ一体なんなんだ？

何か僕は得体の知れないことに巻き込まれてはいないか？

心臓の音が聞こえる。体の中がむずむずする。僕は恐怖を感じている。川西と僕、本当にリエを殺したのはどちらか、という話がどこかへ行ってしまった。

「……自動販売機で飲み物を買ってきます」

ここに静かに座っているなんて耐えられない。とりあえず席を立ちたかった。僕は誰に向けてでもなく小声で宣言すると、ゆっくり演台右の扉へと向かった。


甘い。

僕は休憩スペースのソファに座り、缶コーヒーを飲む。微糖と書かれている癖に、どうしてこんなにも甘いんだ。ミルクも少し多すぎる。砂糖にまみれた乳脂肪が、口の中でべたべたと粘ついている気がする。

休憩スペースは想像よりもずっと快適だった。広い空間に自動販売機が四台置かれ、ふかふかのソファが並べられている。部屋の隅には観葉植物があり爽やかだ。

はあ。

どうして僕はこんなところにいるんだ。

ホテルの中の会議室。リエを殺して逃げてきて、どこのホテルに入ったか記憶がない。なんとなくオフィス街を抜けて木がたくさんあるところに入ったような気がするのだが、ぼんやりしていて思い出せない。

そして、どうして僕はこんな会議に出ているのか……。

茫然《ぼうぜん》としている僕の横で、ふわっと何かが動いた。

「リョウ」

カナミだった。

紺のジーンズに、黄色のタンクトップ。小麦色の肌の間に白い水着の跡が見えた。髪を青色のピンでとめている。決して派手ではないが、健康的なまぶしさ。

さすが水泳部エース。

「横、いい？」

「いいよ」

僕は少しソファの右側に寄る。カナミはコーラを片手に、僕の隣に腰かけた。

「コーラ飲まないって言ってなかったっけ。骨を弱くするとかって」

小さくカナミが笑う。白い歯が見えた。

「ああ、確かに前言ったね。リエも一緒に三人で映画行った時だっけか。まあ、それは選手だった時だよ。団体でアンカー張ってたから絶対に負けたくなくてさ。ちょっとでも体に悪そうなものは取らずに、摂生してたんだ」

「あれ？　今は違うの」

「うん。高三が出る試合はもうない。部活には顔出してるけど、事実上引退に近いかな。心おきなくコーラが飲めるってわけ」

「ふうん」

「今はリエたちの代が幹部で、選手もやっているのよ。この時期はもうどの部活も高二主導で動いている。高三は受験勉強に集中しろっていうこと」

「なるほどね」

くいっと、カナミはコーラを飲む。しゅわしゅわと炭酸が缶の中で弾《はじ》ける音が聞こえた。

「ところでさ、リョウ」

「ん？」

「……リエを殺したって、本当？」

「……」

今更隠しても仕方がない。

「本当さ」

「へえ。やっぱり、そうなんだ……」

「あいつが、僕を裏切ったんだ。僕と別れて、他の男と結婚するって言うから！」

「え？　結婚？　ってあれ。別の男がいたの？」

「ああ、そうだよ。そして、別れたんだよ。向こうから強引に別れ話を切り出されたんだ」

「え？　そうなんだ……。リエ、リョウに対して凄く一途《いちず》だと思ったのに。話すたびに君の話題になるしさ。まあ、『別れるかもしれない』みたいなことはちょっと聞いてたけど、まさか他に男がいるとは思わなかったわ」

一途だった？　しかし、もう昔の話だ。外面のいいリエのことだ、心にも思っていないことを言いふらしていただけに違いない。

「そうか、やっぱり別れちゃったんだ……」

カナミは腕を組んで、ふうと息を吐く。

僕はそんなカナミに向き直り、頭を下げる。

「……ごめんなさい」

「えっ？」

「いや。前に、カナミが言ったじゃない。『リエのこと幸せにしなかったら許さないわよ』ってさ。結局こんな結果になってしまった。別れただけじゃなく、僕はリエを殺してしまった。我慢できなかったんだ……。謝って許されることじゃないと思うけれど、ごめんなさい」

もう一度頭を下げる僕。

何やってんだ僕は。許しの言葉でも聞きたいのか。それとも怒ってほしいのか。人を殺してその友人に謝罪。そんなことを人生の中ですることになるとは思わなかった。

「あら、謝る必要はないわ」

「どうして?」

眉間に皺を寄せる僕に、カナミはさらりと言った。

「私が、リエを殺したからよ」


「……どういうこと?」

「この場合、私『も』リエを殺した、そう表現する方が正しいのかな」

え?

何を言っているんだカナミは。

「別に抽象的な意味じゃないわよ。もともと私もリエのこと、ちょっとカンに障るところがあったの。先輩後輩という関係上、表に出さないで来たけどね。でもこないだ、リエと一緒に帰ったんだよ。そうしたらその時ね、リエが凄く嫌なことを私に言ったんだ。それで私、頭の中真っ赤になって……」

カナミは真剣な瞳をしている。

「……電車が来る瞬間、リエをホームから突き落としちゃった」

電車の警笛音が、僕の脳内で響く。

「すごかったわ。リエは一度電車にばしんと弾かれて線路に落ちた。それから轢《ひ》かれたの。

何トンもの車輪で何度も何度も踏みつけられたの。圧倒的な重みで体を押し千切られていく。恐ろしい光景だった。リエは悲鳴を上げる暇すらなかったわ。いえ、何が起きたかわからなかったんじゃないかしら。私が突き落としたということも、リエの発言が私の気持ちを凄く傷つけたことも、気付かなかったんじゃないかな。ホームで電車を待っていた、その次の瞬間、体が無数の『部分』に切断されていた、ってわけよ」

淡々と語るカナミ。

「もちろん私はハッと思ったわ。とんでもないことをしてしまった。両手にまだリエの背中の感触が残っている。周りの乗客は何が起きたのかわかっていない者、悲鳴を上げている者、私を怪訝な顔で見つめている者、それぞれに混乱している。その混乱の中心に私がいる。胸の奥がズシリと重くなった。でもね私、その時考えたのよ。捕まったら受験で不利になるかもしれない。もう出しちゃった願書、どうしようってね。受験のことなんて考えている自分がちょっとおかしかったわ。人間って自分の人生の一大事であっても、小さなことしか考えられないのね。それとも私だけかな」

どこか同意できる部分があって、僕は思わず頷いてしまう。頷いてから、何を頷いているんだ僕は、と思う。

「後悔はあったわ。取り返しのつかないことをしてしまったという後悔がね。でも正直気分が良かった。これでもうリエと先輩後輩の関係でいなくていい、リエの相手をしなくていい、それが何とも言えず清々しかった。後悔と比べたら、達成感の方が少し多かったような気がするわ。……本当私って、残酷な人間よね」

カナミは自虐的に微笑んで見せる。

僕は何を言ったらいいのかわからない。

「……リョウもそうだったとはね。何となく私、途中から感じてたの」

「何をだよ」

「このミーティングに出席している人、全員リエを殺してるよ」

「えっ？」

非現実的な台詞。

カナミは冷静に続ける。

「川西っていう警察官、リエを絞殺したって言ってたよね。嘘をついているようには思えなかったわ。そして、リョウ君も嘘をつくような人じゃない。私も実際にリエを殺している。嘘じゃない。信じてもらえないかもしれないけど」

「確かに、川西の話には変なリアリティがあったな」

「でしょう。それだけじゃないわ。川西が自白している時のみんなの様子、見た？　私、話を聞きながら観察していたの。最初はただの違和感だったんだけどね。何か変だったのよ。リエの関係者が集まっているはずなのに、誰もリエの死を悲しんでいない。川西に対して怒ったり、憎んだりもしていない。みんな困惑しながら話を聞いている。時々周りの様子をうかがってみたりしつつも、自分は目立たないように静かにしている。明らかに変だったわ」

なるほど。

僕にはその気持ちがよくわかった。

「つまり私と同じなのよ。みんな、リエを殺しているの。だから川西の話は『変な妄想を持っている奴が、自白してくれた』ように見えているんだわ。『川西の自白が嘘だと、真犯人である自分だけはわかっている』……そう全員が思ってる。このままうまくいけば、川西が犯人ということになり、自分は罪に問われないかもしれない。余計なことは言わないで、大人しくしていたほうが得だ。突然の不幸に胸を痛めた関係者という振りをしていた方がいい。だけどこういう状況で、本当に被害者の関係者だったらどんな気持ちになるのだろうか？　一応それらしい演技はしたほうが良いけれど、どうしたらいいのかわからない。わからないから、周りに合わせよう。周りのリアクションを真似していよう……。みんながそう考えているのが、私にはわかったの」

カナミは、僕があの部屋で考えていたことを正確に説明してみせた。頷ける部分がいくつもある。確かに全員、様子をうかがっているようだった。大事な人が死んだのだったら、周りのことなど気にせず感情を表に出しても良さそうなものだ。

『明らかに変』。カナミの言う通りだった。

「そうでしょ、リョウ？」

僕は頷いてみせる。

「やっぱりね」

カナミはにっこりと笑う。

「でもカナミ、こんなことはあり得ないよ。全員がリエを殺した犯人なんて、おかしいじゃないか。全員が共犯というわけでもない、僕は一人でリエを殺しているんだから」

「まあ、そうよね。私も同意見よ。それで？」

「それでと言われても……僕には、川西やカナミは嘘をついているんだとしか思えない」

「リョウの立場から言えばそうかもしれないわね。でも私から見れば、あなたが嘘をついているんだと思うわ」

「どうしてそうなるんだよ？　意地張ったって仕方ないだろ。明らかに君がリエを殺したって言うのは嘘なんだから、そこはもう撤回してほしい。それよりも君がそんな嘘をつかなくてはならない理由を教えて欲しいよ」

カナミが困ったような顔をする。

「だから私は嘘なんかついていないわ」

「しかし、実際に……」

「私は嘘をついていない。でも、きっとリョウも嘘をついているわけじゃないんでしょう。同時には成り立たないことのように思えるけど、実際に成り立っているのよ。だからどちらが嘘をついているかなんて議論をしても意味がない。もうそこは前提として受け止めて、もっと生産的な話をしたいのよ」

「生産的な話？」

「そう。どうしてこんなことが起きているのか。そして、このミーティングは何なのか。だって警察がこれを開催しているわけじゃないのよ。誰がこんな大掛かりなミーティングをセットしているの？　何だか私、嫌な予感がするの。それを正しく理解しなかったら、大変なことになるような気がするの」

「そんなこと言ってもな。わからないものは、わからないじゃないか」

「でも、明らかにしなくてはならないと思うわ」

カナミの目は強い意思を内に秘めて、僕を見据えている。僕を騙《だま》そうとする嘘つきの目には思えない。

「カナミ……」

その時、チャイムが鳴った。

「ああ、時間が足りないわ」

休憩時間終了です
ミーティングルームに集まってください
休憩時間終了です
ミーティングルームに集まってください

さっき休憩時間を告げた声だ。無機質な女性の声。会議室に集まるよう繰り返している。行かなくてはならないのか。従う義務があるのかどうか疑問だが、僕は腰を上げる。

カナミも席を立つが、歩き出そうとする僕の肩を摑《つか》んで言う。

「次の休憩時間も、ちょっと二人で話しましょう。一人じゃ危険よ。相談すれば、いい知恵が浮かぶかもしれない」

ミーティングルームに集まってください

「……わかった」

僕はカナミにそれだけ答える。

ミーティングルームに集まってくださいミーティングルームに集まってくださいミーティングルームに集まってくださいミーティングルームに集まってくださいミーティングルームに集まってくださいミーティングルームに集まってくださいミーティングルームに集まってくださいミーティングルームに集まってくださいミーティングルームに集まってくださいミーティングルームに

「急ぎましょう」

カナミに促され、僕たちは会議室へと急いだ。
僕は空き缶を捨てるのを忘れた。

〈榊カズヤの動向〉

「ただいま電話に出ることができません。ご用の方はピーッという発信音……」

おかしい。

オレはスマートフォンを置いた。

姉さんが帰って来なくなってから丸一日が過ぎる。

「……あのアホ姉貴、また何かオレに黙って企《たくら》んでるんじゃないだろうな」

オレはもう一度スマートフォンを手に取り、開いてメールを確認する。新着メールはない。アドレス帳から「榊リエ」の項目を選んで、もう一度電話を発信する。

「ただいま電話に出ることができません。ご用の方はピーッという発信音……」

どうなってんだ。

姉さんがオレからの電話に出ないことなどほとんどなかった。都合が悪くてすぐに出られなくても、必ず数分後には折り返してくれた。それどころか頼んでもいないのに一日一回、向こうから電話がかかってくる。その姉さんと全く連絡がつかないなんて。

オレは畳に寝転んでため息をつく。

仕方ない、母さんに電話してみるか。母さんが外に出かけている時は大抵男か、パチンコ。そんな時に電話をすると、邪魔するなと後で怒鳴られる。オレは憂鬱《ゆううつ》な気分で「榊ヨリコ」に電話をかけた。

「ただいま電話に出ることができません。ご用の方は……」

くそっ。

どういうことだよ。母さんまで繋《つな》がらないなんて。いつ電話しても、大抵母さんは出る。人前だろうと電車の中だろうと、とりあえず電話には出る。そういう人だ。それなのに、今日に限って繋がらない。

オレの舌うちが狭い部屋に響く。

あと、姉さんの行方を知っていそうなのは誰だ？

元カレの藤宮リョウ。姉さんの一番仲良しの先輩、佐久間カナミ。オレが思いつくのはそれくらいか。大して親しくもないけれど、聞いてみるしかないな。元カレなんかに電話するのは気まずいけれど、仕方ない。

なんだか嫌な予感がしてきた。

二人とも知らなかったら……どうしよう。

捜索願を出すことになるのか。

姉さん。

こんなに心配かけて。まったく。

オレは電話の発信音を聞きながら、心の中で毒づく。

かちり。発信音が消え、音声が流れてくる。

……。

藤宮リョウのスマートフォンは現在電波の届かない所にあるらしい。

〈第二回ミーティング〉

アナウンスで全員が会議室に集まり、テーブルを囲んで着席した。

何人かは喫煙所で一服してきたのだろう。タバコの残り香が漂っている。場に満ちているのは沈黙。何も話さない。誰もが、何を話したらいいのかわからないという感じだった。

僕の隣に座っているカナミも、下を向いたまま指先をいじっていた。

川西が僕を見つめている。

さっき「リエを殺したのは僕だ」と言ったのが、気になる様子だ。見られているのはよくわかるが、僕はあえてそれに気がつかないふりをする。

「……はあ。黙ってても何も始まらない、か……」

金髪の男がため息をつきながら頭をかく。

「じゃあいい。オレが司会進行させてもらう。だからといって勘違いするなよ？　オレはただの参加者だ。この会議を開催している側とは関係ないからな。このままじゃらちがあかないから、こういう役回りをしてやるってだけだ」

そう言うとサングラスを外し、机の上に置いた。

「オレの名前はワギ。桜井ワギだ。ＩＴ系企業の役員をやっている。ちなみに名前を言えば誰でも知っている大会社だぜ」

そしてフンと鼻を鳴らす。年齢は二十七、八だろうか。この若さで大手の役員。周りの人間も目を丸くしてワギを見ている。よく見れば着ているスーツといい、腕につけた時計といい、高級感のある品で揃えている。

ワギは一見優男風だが、目の奥にどこか危険な光をたたえていた。こいつは、キレたら何をするかわからないぞ。僕の中でそんな直感が走る。あの目……まるで爬虫《はちゅう》類みたいだ。

「ところでな、オレはさっき喫煙所でそこのオバサンと話した」

ワギが指さした先には、中年の女性が座っている。メガネをかけ、簡単に化粧をしていた。髪の中には白いものも何本か混じっている。服装は全体的に茶色や濃い緑といった色合いで、決して派手ではない。しかし僕は、彼女からどこか下品な印象を感じた。

女性はみんなの視線が集中すると、一礼した。

「オバサンの名前は榊ヨリコ。榊リエの母親。オレは彼女と顔見知りだったからね、まあ暇つぶし程度に雑談してたわけよ。それでさ、ちょっと気になることがあってさ。というのもオレたち二人とも……」

ワギはニヤッと笑う。

「リエを殺してんだよな」

場にざわめきが広がる。

「ワギさん、何を言ってるんですか？　さっき、リョウさんも変なことを言っていましたが、リエさんは彼女の望みもあって、私がこの手で……」

川西が不満そうに立ち上がる。

「ああ、わかったわかった。お前が首絞めて殺したって言うんだろ。さっき聞いたからいいよ。でもオレも、あの女を殴り殺してるんだ。オバサンもそうなんだよな？」

「ええ。あたしはあの子を轢き殺したわ」

　ヨリコが吐き捨てるように言う。

「何を言っているんですか、あなたたち……」

　川西の声をさえぎって、ワギが全員に問いかける。

「ってことだ。なあ、全員そうなんだろ？　全員殺してんだろ？　そこのお兄さん、さっきナイフで刺し殺したって宣言してたよな」

　僕のことか。

「はい。藤宮リョウです。リエなら、僕が殺しました」

「そうだろそうだろ。そこのポニーテールのお姉ちゃんは？」

「佐久間カナミよ。リエは私が電車のホームから突き落としたわ」

「だろ。もう順々に行こうか。その隣の、少女。君は？」

「坂倉ケーコです。リエちゃんは……私、川に落としたんです。リエちゃんは、きっと溺《おぼ》れ死んだと思います……」

　ケーコは色が白く、物静かな少女だった。深緑色をしたフレームのメガネをかけ、左胸に校章の入ったセーラー服を着ている。リエの学校の制服だ。いかにも勉強ができそうな委員長タイプといった雰囲気。うつむきながらか細い声で話すたびに、少し茶色い髪が揺れた。

「撲殺、ひき逃げ、絞殺、刺殺。さらには突き落としに溺死《できし》か。バリエーションが豊かすぎて逆に笑えてくるな。じゃ次行こう、その隣の少年。君は？」

なぜか愉快そうなワギ。ちっとも笑えない。

「僕の名前は吉田ミツル。リエさんだったら、僕が毒殺したよ」

ミツルは集まっている人物の中では明らかに一番幼かった。どう見ても小学校高学年というところだ。青いパーカーとグレーのズボンを着ている。しかしその瞳はひどく大人びていて、会議室に集まった大人たちをつまらなそうに眺めていた。

「言っておくけれど、リエさんを殺したのは僕だからね。他の誰でもありえない。特に川西さん、あなたのような人に殺されるってことは絶対にないから。そうでなかったら、リエさんが浮かばれないよ」

ミツルは川西にきっぱりと言い放つ。

「何ですって？」

「言った通りだよ。警察官なんて職業についている癖に、人間としてはちっとも成熟できていないんだね。まあ、そういう大人って多いから別に驚きはしないけれどさ。さっきの話は本当に最悪だったよ。あれって何？　全然意味がわからなかった。わかったのは、川西さんは極度のナルシストってことくらいだったよ。そこのリョウさんが遮ってくれた時には、内心嬉しかったな。そうでなければ僕が言っていたところだった。『川西さん、妄想の話はいい加減にして』ってね」

　背の高い川西に向かってミツルはずけずけと話し続ける。恐れを知らずに自分が正しいと思うことを言う。賢い子のように思えた。

「……」

　思わず黙り込む川西。

「ハハハ。川西、ガキにボッコボコだな」

　ワギが爽やかに笑って、言う。

「まあこれでわかっただろ。そういうことさ。これでオレも含めて七人全員、リエを殺した自称・犯人だ。このミーティングは自称・犯人たちの集まりなんだよ。さっきの資料、覚えているか？　会議目的の項。『可及的速やかに真犯人を特定せよ。』ってあったよな。あれはつまり、自称・犯人たちの中から、本当の犯人を探せってことだ。それがこの会議の目的」

「そんな。そんなことが。わからない、リエさんは私が確かに……」

　青ざめる川西。

「そりゃ、お前はそう思うだろうな。でも他の全員はきっと、お前の告白を聞いている間同じ気持ちだったんだよ。『自分が殺したはずなのに』ってな。正直オレも困惑したよ。自称・犯人がいっぱい出てきただけでも異常事態なのに、このミーティングだ。もう、わけがわからないぜ」

ワギは立ち上がると、両手を広げてみせる。

「このミーティング、何なんだ？　会議室を一室借り切って、休憩所や個室まで完備されている。ホテルの一室みたいだが、スマートフォンは圏外ときた。ご丁寧に開始時間と休憩時間のアナウンスまでどこかから流れてくる。誰がこんなものをセッティングしたんだ？　オレはてっきり警察だと思っていたが、そうじゃないんだろ。なあ……みんなここにどうやって来たか覚えているか？　オバサン、あんたは？」

「よく、覚えていません……。私はリエを殺した後、確かに家に帰って寝たはずなんです。それが気がついたら、いつの間にかこのホテルの個室に来ていた。そして通路にそって歩くうちに、この会議室に辿り着いたんです」

ヨリコが言う。

「ほうほう。リョウ、君は？」

「僕はリエを殺した後、どこかのホテルに飛び込んだんだ。とりあえず一晩だけ過ごそうと思って。そして起きたら川西さんがやってきて、この会議室まで来るように言われた。それだけだよ」

「なるほどなるほど」

ワギは僕の話を途中で遮る。

「リョウ、君の場合はその飛び込んだホテルで寝ているところを拉致《らち》されて、ここまで運ばれてきたのかもな。川西が君を呼びに行ったのは単に君が起きるのが遅かったからで、どの道この会議室に来るようになっていたに違いない。とにかく半ば強制的に連れて来られているわけだ。実はオレもそんな感じでね。オレは、このミーティングを開催している奴の強烈な意思を感じる」

「意思ですって？」

「そう、意思だ。何が何でもこのミーティングをやらせようっていう意思。主催者が何者かは知らない。警察よりも巨大な行政組織なのか、リエの仇討ちに燃える遺族なのか、それとも単なる変人なのか……それはわからない。だけどそいつは考えている、何が何でも真犯人をあぶりだしてやろうってね。そうでもしないと、そいつの気が済まないんだろう。オレたちがこのミーティングをちゃんとやらなかったら、どうなるかわからない」

「どうなるかって……どうなるって言うんだよ」

「知らないさ。でもよ、オレはあの資料を見てからこのミーティングはただ事じゃないってずっと感じていた。だから喫煙所でタバコを吸いつつも確認したんだ。喫煙所にはさ、窓が一つだけあったんだよ。取っ手がついていたからそれを回して開けようとした。ダメだった。何かで固定されているようでびくともしない。だったよな、オバサン。うん。まったく開かないんだ。それだけじゃない。お前ら気付いたか？　個室の窓も完全に固定されている。オレ、朝調べたんだ。個室とこの会議室を結ぶ廊下も、だ。どの窓も完全に開かないか、もしくは数センチの幅までしか開けられないようになっているし、ところどころにあるドアは全て施錠されていた。非常階段へのドアすらもだぜ。完璧に封鎖されている。いわばこの会議室と、休憩室、喫煙所、それぞれの個室と個室を結ぶ廊下。これらが大きな『密室』のようになっている。外に出ることはもちろん、他のフロアに行くこともできない。幸い空調はきいているし、飲み物や食べ物の自動販売機はあるからすぐに困ることはないが……。主催者はこのミーティングの目的が果たされるまで、オレたちをここから出さないつもりなんだ」

封鎖されている。

ぞっとした。

警察によってミーティングが開催されているよりも恐ろしい。そこまで手の込んだことをしてこのミーティングをやらせている何者か。一体誰なんだ？　何が目的なんだろう？　理解できない恐怖。

「リョウ、お前さっきの休憩時間、喫煙所じゃない方の休憩スペースに行っていたよな。そっちはどうだった？　窓、開いたか？」

「いや……試さなかった。自動販売機の奥に一つだけ窓があったように思うけれど」

「じゃあ次の休憩時間に試してみな。きっと開かないぜ」

ワギは笑う。

「そんな……」

「開かなかったわ」

カナミが言う。

「私、空気の入れ替えができないかと思って試したの。取っ手を動かそうとしてもびくともしなかった。高層ビルなんかでは窓が固定されている所も多いから、そんなに気にしなかったけれど……」

「と、いうことだ。ここはホテルの一室でもあるが、密室でもある。オレたちは主催者の意思で閉じ込められている。そいつの気が変わらない限りここから出ることはできない。おそらく、何があってもだ。それこそ火事が起きようと、急病人が出ようと……会議終了の項にも書いてある。『会議目的が達成された場合会議は終了する。それ以外に会議が終了する可能性はない』ってな」

　何があっても、出ることはできない……。

　心臓の音が高鳴っていくのを感じる。

　閉じ込められている。凄く嫌な気分だ。出入り厳禁の試験会場であっても、その気になれば外に出ることはできる。試験は落第になるかもしれないが、そのデメリットにさえ目をつぶればいい。だけどこの空間は僕たちを完全に外界から隔離している。その気になろうとなんだろうと、ここから出ることはできない。この中にあるドアは、ドアのような形をした『壁』だ。この中にある窓は、景色という絵が描かれた『壁』だ。壁、壁、壁。僕たちを四方八方から壁が威圧する。どこかに行きたいわけじゃなくとも、出られないとなるとたまらなく怖くなり、外に出たくなる。これは人間の本能だろうか。

「オレたちは素直にミーティングに参加するしかないのさ。会議目的の達成。真犯人を特定しなくてはならない。本当に、わけわからん話になってきたもんだぜ」

ワギはやれやれと言わんばかりに、椅子に深くもたれてみせた。

「……まあ、そうは言いつつもさ、オレはちょっとこの会議に興味があるんだけどね。お前らも別に会議に参加すること自体は嫌じゃないだろ？　正直気になるだろ、誰が真犯人なのか」

「気になるというのとは少し違いますが、私がリエさんを殺したということははっきりさせておきたいですね。そうしないと、落ちついて自殺できませんから」

川西がワギに同意する。

「川西さん、何度言ったらわかるのさ。あなたがリエさんを殺したのは妄想だってば。ここで話し合いをするのは全然かまわないんだけれど、結果は川西さんの記憶は妄想でした、で終わる。自殺するなら今が一番いいタイミングだと思うけど。あ、でも会議室では迷惑だからどこかよそで死んでね」

ミツルが涼しげな顔で言ってのける。

川西はミツルをにらみつけた。

「よし。みんな反対意見はないな？　あるなら今のうちに言ってくれ。ま……どうせ反対したって無意味だろうけどな」

異を唱える者はいなかった。

ワギと目が合った。僕は頷いてみせる。

特に反対する理由もない。

「よし。じゃあ、そういうことで。会議、上等だ。始めていこうじゃないか。そうだな、どう進めるかだけど……一人ずつ『自白』していくとするか。リエを殺した動機と、その犯行の内容を細かく、な。あ、川西はもう聞いたからいいよ。他の人間な。全員の話を聞いていけばどこかで矛盾点が出てくるだろう。その内容を精査していけば真犯人がおのずと浮かびあがるはずだ。……何だかわくわくすんな、おい」

ワギはどこか嬉しそうに笑った。


自白の順番は、挙手ということに決まった。

「じゃあ、最初に自白したい人」というワギの呼びかけに真っ先に手を挙げたのは、ケーコだった。おずおずと恥ずかしそうにではあるが、全員が躊躇している中でしっかりと手を挙げていた。

「意外だな。あんたみたいな人は、最初でも最後でもない真ん中あたりで発表するタイプかと思った」

ワギはそう言いながら、ケーコに前に出るよう手で促す。ケーコは下を向いたまま立ち上がると演台まで進み出た。

「あの、私……こういうの緊張するんで。最初にすませちゃわないとドキドキしちゃってダメなんです。だから……小さいころからずっと、最初に手を挙げるって決めてるんです」

「なるほど自分ルールね。オレも靴下は必ず右から脱ぐ自分ルールがあるぞ」

「えっと。始めても……いいですか？」

「どうぞどうぞ。好きなように好きなだけ話してくれ」

ケーコは演台に立ち、少しだけ顔をあげて全員を見まわした。室内の視線がケーコに集中する。ケーコの顔はみるみる赤く染まっていく。相当恥ずかしがり屋のようだ。額に汗をかいている。ケーコは下を向くと、口を開いた。

「わちゃ……」

噛《か》んだ。たった二文字で。

笑いが起きる。ケーコは額の汗をぬぐうと、意を決してもう一度口を開いた。

・坂倉ケーコの自白

わ、私は坂倉ケーコです。リエちゃんとは小、中、高と同じ学校に通っていました。今も同じクラスです。

今高校二年生なので、十年と少し、ずーっと一緒だったことになります。そして、ずーっと友達でした。何回一緒にトイレに行ったかわかりませんし、何回一緒に下校したかもわかりません。両親、姉の次に、共に過ごした時間が長い人間がリエちゃんでした。おし

ゃべりをした回数で言ったら、リエちゃんが一位です。圧倒的に。色んな話をしました。勉強のこと、お友達のこと、彼氏のこと、将来のこと……色んな話を、たくさん。

ケーコはゆっくりゆっくり、少しずつ考えながら言葉を紡ぎだして行く。ケーコとリエとが通学路を一緒に歩いている姿が想像できるようだった。快活で美しいリエ。クラスでも人気があっただろう。それに対して物静かで落ちついた雰囲気のケーコ。目立つタイプではない。二人は対照的だが、だからこそ気が合う友人でいられる気がする。

僕はリエを思い出す。僕とリエもたくさんの話をした。くだらないことから真面目なことまで、色々と。だけど結婚だとかそういう話になると、リエはいつも困ったように話題をそらした。

私とリエちゃんとは腐れ縁もいいところです。親友というのとはちょっと違います。そうですね、ストーカー……？　ちょっと違うな……とにかくもっと危険な関係でした。私はリエちゃんに「支配」されていたのです。

あ、支配という単語はちょっと大げさだったかもしれませんが……そう言ってもおかしくないと、私は考えています。それくらい私にとってリエちゃんの存在は重いものだったんです。

十年の間、何度もリエちゃんとの縁を切ろうと考えました。それは凄く難しいことでし

た。どうしてもそうできないように、リエちゃんは私を操るのです。信じられないほどの狡猾さで。……やっとあの人の呪縛から逃れられた今では、さっぱりした気分でいます。

私とリエちゃんとが友達になったのは、小学校に入ってすぐでした。不思議と気が合い、楽しくおしゃべりをする仲でした。最初は何人かいる友達の一人というお付き合いだったのですが、その関係値が大きく変わる日が来ました。

私とリエちゃんが当番になり、二人きりで教室の掃除をしていた時です。リエちゃんがゴミ捨て、私が窓拭きという分担になりました。私は窓を拭こうとしてカーテンを少し引いたのですが、不自然な重い手ごたえがありました。何だろうと不思議に感じた瞬間、すぐ横に置かれていた大きな花瓶がぐらりと傾いたのです。しまったと思う間もなく、花瓶は床に落ちてばらばらに砕けてしまいました。

私は真っ青になりました。

その花瓶は先生が大切にしていた花瓶。クラスのみんなで育てたお花を飾ってあった花瓶です。どうしたらいいんだろう。今思えば正直に先生に伝えて謝ればよかったのかもしれません。しかし私はとても気が弱い子でした。ばれたらクラスのみんなに怒られる。

「やーいやーいケーコが割ったー」とはやしたてられる。どうしたらいいの、どうしたら。

震えながら顔をあげると、教室のドアが開くのが見えました。リエちゃんがゴミ捨てから戻ってきたのです。リエちゃんに見つかる。怖くて私は動けませんでした。リエちゃんは私を見、割れた花瓶を見、状況を理解すると……。私に近寄ってきました。私は何を言われるのかと怯《おび》えていました。リエちゃんは先生に気に入られている方でしたから、きっと先生に言いつけるのだと思いました。

震えている私を慰めるように、リエちゃんは言いました。

「猫のせいにしよう」

一瞬、リエちゃんの言うことが理解できませんでした。

茫然とする私をよそに、リエちゃんは偽装工作に取りかかります。どこから連れて来たのか猫を抱えてくると、その足に泥をたっぷり塗り付け、教室の中に足跡をつけていきました。花瓶が置かれていた場所の近くから、窓のそばまで。まるで猫が花瓶を割って、外に逃げて行ったように見えます。

準備が終わると、リエちゃんが大声で先生を呼びました。

教室に入ってきた先生。当時私にとって先生とは、神にも等しい絶対的な存在でした。その先生に向かってリエちゃんは言うのです。

「先生！　大変だよ。猫が窓から入ってきて、花瓶を割っちゃったの。ケーコちゃんがもう少しでケガするところだった。だからね、二人で一緒に犯人を捕まえたの。ほらっ」

そしてニャーとだけ鳴く猫を示してみせるのです。先生はあらあらと言い、私たちの頭を撫でると手早く花瓶の破片を掃除してくれました。私が疑われることは全くなかったのです。

まさに完璧な嘘でした。あざとすぎず、巧妙な偽装に裏打ちされ、子供らしい可愛さもある。先生に対してこんなにも堂々と嘘をつきとおすことができるリエちゃんを、心から凄いと思いました。

帰り道、一緒に歩くなかで、リエちゃんに言われた言葉をよく覚えています。

「これ、二人だけの秘密だよ？」

私は無言で頷くことしかできませんでした。その時点で私は共犯になったのです。リエちゃんと切っても切れない縁が、その時から作られ始めていました。今思えば……あの花瓶は最初から仕組まれていたのかもしれません。ゴミ捨てに行く前、リエちゃんは花瓶の近くでカーテンをいじりながら何かをしていました。私は何とも思っていませんでしたが……あれはおそらく、カーテンを花瓶の取っ手に結びつけていたのだと思います。そうして私が窓掃除をすれば花瓶が割れるように仕込んでいた。先生とのやり取りも、猫を使った偽装方法も、最初から計算済みだったのでしょう。私が気が弱いことを知っていて、共犯にしつつ、恩を売ることで私が逃れられないようにしたのです。

全てリエちゃんのシナリオ通りだったんです。


僕は少し不愉快な気分になる。

不愉快になっている自分をちょっと不思議に思うが、それでもケーコの話は納得できない。リエがケーコを共犯にしたことは確かなようだが、それを「仕込んでいた」というのは考えすぎではないだろうか。僕の知っているリエは、そこまでややこしいことをする人間ではない。感情は激しくて、思い立ったら何でも行動してしまうタイプではある。人前でしゃあしゃあと嘘をつくことも得意だ。先生の前でさらっと猫を犯人に仕立て上げてしまうところまではイメージがつく。

だけど、ケーコを支配するためにわざわざそんな工作を、それも小学生のころに思いついて実行するなんて……信じられない。そもそもリエなら、そんなことをしなくたって仲の良い友達はできるのではないか。

リエは、そんな奴じゃない……。


皆さんは「小学生が、そこまでするわけがない」と思うかもしれませんが……リエちゃんに限っては、するんです。彼女は悪魔です。人を支配する悪魔です。これからの話を聞いていただければ、わかると思います。

猫花瓶事件があってから、リエちゃんと私とはよく一緒にいるようになりました。私は何度か失敗や、怒られるようなことをしました。そのたびにリエちゃんは機転をきかせて大人に嘘をつき、私をかばってくれたのです。

私は大人に怒られることはありませんでしたが、そのたびにリエちゃんと共有する「秘密」が増えて行きました。この際限なく膨らみ続ける「秘密」。いつかそれに自分が押しつぶされるような嫌な予感を覚え始めました。

そしてある時、私はリエちゃんとテストの「契約」をしてしまったのです。

そもそも私は社会や国語は得意だったのですが、算数や理科がひどく苦手でした。テストでは五十点以下を取ってしまうことがほとんどだったのです。しかしうちの両親は教育には厳しく、テストの点が悪いと凄く怒られるのです。百点を取るのが当たり前、八十点は努力不足、七十点を切ろうものなら「お前は本当にうちの子か？」とまで言われました。テストのたびに私は悲しい気持ちになり、一度リエちゃんの前で泣いてしまいました。その時、リエちゃんが笑って言ったのです。

「わかった。答え、私が教えてあげる」

「そんなことをしたら先生に怒られる。お父さんとお母さんにも叱られるよ」

あわてて言う私にリエちゃんはにこっと笑って言いました。

「ばれなければ大丈夫だよ。私にまかせて」

その次のテストは、特に自信がない分数のテストでした。『次に七十点以下を取ったら家に入れないから、覚悟しろ』と両親に言われていた私は、リエちゃんのその優しい瞳に吸い込まれるように頷いたのです。

「本当に大丈夫？　ばれたら私、おうちに入れないよ」

不安になる私に、リエちゃんは言いました。

「大丈夫だってば。私を信じて。ケーコはお友達。お友達のことは、守るわ」

そしてリエちゃんは私にカンニングの方法を説明しました。それは、サインを覚えることでした。机の角を叩く回数で問題の番号を伝える。その後、消しゴムの置き方で正しい選択肢を伝える。カンニングの手法としては古典的なのかもしれませんが、当時の私にとっては素晴らしく画期的なものに感じられました。リエちゃんは天才に違いないと思ったものです。

リエちゃんが私の前の席だったことも幸いし、その作戦はうまくいきました。リエちゃんは癖のように装いながら何気なく机の角を二回叩き、消しゴムの底を下にして机に置く。私はそれを見て、問題二の解答用紙に『エ』と記入する。選択問題はそれですべてクリアし、数少ない文章問題については少し体をずらして後ろから見えやすいようにする、鉛筆を落としたふりをして小さな紙を回してくれるなどして私に伝えてくれました。

リエちゃんはかなりの秀才でした。彼女が教えてくれた通り解答すれば、間違いなく百点が取れるのです。私は両親に怒られることがなくなりました。先生にもよく褒められるようになりました。クラスで一番の成績の持ち主になりました。私の世界は大きく変わったのです。

信じられないことに、リエちゃんは私に答えを教えるだけ教えて、自分ではわざと間違いの答えを書いたり、一部の問題には解答を記入せずに答案を出しているようでした。そうして適当に六十〜八十点くらいをキープし、先生にも生徒にもマークされないようにしているのです。

私が疑問に思って聞くと、リエちゃんは言いました。

「いいのいいの。点数なんかに興味ないから。うちの母さんはテストの点なんか見ないしね」

「でも、ちゃんと書いたらきっといい点なのに」

「いい点取る必要なんかないもん。それにさ、私とケーコの解答用紙がそっくりだったら先生も怪しむでしょ。ケーコ、大丈夫。何も心配いらないよ」

リエちゃんはそう言って笑うばかりでした。

真のクラス一番がリエちゃんであることを知っているのは、私とリエちゃんだけだったのです。


二人の「契約」は中学、高校に入ってからも続きました。サインはよりばれにくく、巧妙なものに変わっていきました。二人の名字がアイウエオ順で非常に近かったことも、偶然でしたが強い味方になりました。たいてい席が近くなるからです。万が一席が離れれば、位置が遠くても機能するサインをリエちゃんが考案しました。クラスが違った時などは、事前に問題をリエちゃんが盗み出してきてくれました。

相変わらず私はクラスで一番の成績を残し続け、クラスメートには「秀才」「頼りになる人」として扱われます。クラス委員長も何度も務めました。

次第に私は怖くなってきました。

カンニングをやめようと、リエちゃんに提案しようと思いました。でも、さも当然のことと言わんばかりに次のサインの説明を始めるリエちゃんを前にすると、どうにも切り出

せませんでした。

いえ……作り上げてきた秀才のイメージが崩れるのが怖かったのかもしれません。先生も、クラスメートも、両親も、好きな男の子でさえ……誰も私の「本当の姿」を知りませんでした。それを知っているのはリエちゃんだけ。両親は成績をキープする私に満足し、私が望むものは何でも買い与えました。好きだった男の子から告白されて、彼氏ができました。その男の子は、私の「頭がいいところ」に惹かれたと言っていました。

みんな「嘘の私」を評価して、笑っていてくれる。逆に言えば、「本当の姿」が明らかになったら、誰も私と一緒にいてはくれなくなるのです。私の世界が崩壊するのです。それが怖くて、このままではいけないと思いつつも、何もできないままでいたのです。


凄い話だ。

僕はクラスにいた秀才たちを思い出す。あのメガネで真面目そうなやつら。彼らは本当に自分の力だけで良い成績を取っていたのだろうか？　そうだと信じて疑ったこともなかったけれど。ここに、いかにも真面目で秀才然としていながら、実際にはカンニングでその地位を築いてきた少女がいる。それも小学校から、高校二年生までだ。世の中の秀才たちの何割が、本当の意味での勉強家なのだろう？　ケーコのようなケースはそうあることではないと思うのだが、実際にその存在を目の前にしてみると、世の秀才全てが疑わしく思えてしまう。

カンニングも戦略なのだ。良い相棒を得て技術を磨き、カンニングで学生時代を乗り切って、官僚になるなり大企業に入るなりしてしまえばいい。正攻法で成績を上げられないのであれば、他の方法を使う。結果的に馬鹿正直でいるよりも有利な位置につけるかもしれない。下手をしたら、カンニングで培った技術が社会人になった際に大いに役立つ可能性すらある。

ケーコの自白を聞いていて、僕はそら恐ろしくなった。

もう、私の世界はリエちゃんなしでは成り立たなくなっていました。リエちゃんに依存し、リエちゃんに秘密を握られている。私の世界を崩壊させる鍵《かぎ》を、リエちゃんが持っているのです。

怖かった。

もしリエちゃんが試験当日、来てくれなかったらどうしよう。もしリエちゃんが私の彼氏に秘密を明かしてしまったらどうしよう。リエちゃんは私に何も言いませんでしたが、私はいつも脅迫されている気分でした。もうリエちゃんに逆らうことはできない。

リエちゃんは私にとって絶対の存在。

私はリエちゃんに全身を縛られていたんです。私は自分の意思で生きているようで、リエちゃんの意思を無視して生きることはできない状態にされていました。操り人形同然。操る人の意思の前で、人形の意思など何の意味も持たない。私は人形でした。気がつかな

いうちに、リエちゃんの人形にされていたんです。テストでいい点が取れるという甘い餌につられているうちに、全身に操り糸が張り巡らされていたんです……。

さっきから黙って聞いていれば、何を言っているんだこいつは。

さもリエが悪いかのように喋っているが、カンニングをすることになったのは自分が悪いんじゃないか。悪事をそそのかしたのはリエかもしれない。計画を立て、実行したのはリエかもしれない。だけどケーコもたしかに悪事に加担した。悪いと知りつつそれを続けた。本人はリエにはめられた、とでも言いたいようだが僕にはそれは責任転嫁にしか思えない。

リエちゃんは試験の結果や、内申点には全く興味がないようでしたが、一つだけ凄く大切にしているものがありました。お金です。リエちゃんの家はとてもお金に困っているようでした。お母さんは外で遊び回るばかりで、お父さんは失踪《しっそう》して帰ってこない。弟のカズヤ君とリエちゃんの生活費と学費は、リエちゃんが稼がなくてはならなかったのです。

それは……。

初めて知った。

リエとは付き合って一年近くになるのに、僕はリエの家の事情など何も知らなかった。

両親が嫌いだとは言っていた。可愛い弟がいるとも聞いていた。だけどまさか、一家を食べさせていかなくてはならない立場だったとは。確かにお金が有り余っているようには見えなかったけれど。だけど、遊びに行った時やご飯を一緒にした時など、リエも必ず財布を出した。もちろん僕が常に多めに出すようにしていたが、僕の自尊心を傷つけない範囲でリエはきちんとお金を支払った。

信じられない。ケーコが嘘を言っているんじゃないだろうか？

まさか、結婚の話をリエが避けてばかりいたのは、家庭のことを知られるのが嫌だったからなのか。

お金を稼ぐためにリエちゃんは色々な仕事をしていました。たくさんのアルバイトもそうです。私もそのアルバイトをしてみないかと、リエちゃんに聞かれたことがありました。

確かにアルバイトが忙しいとはよく言っていた。

断れるはずもありませんでした。私はリエちゃんに何もかも握られているのです。私を生かすも殺すもリエちゃん次第なのです。

「ケーコがやりたかったら、でいいんだよ？」

そう言うリエちゃんの瞳はぎらりと光っていて、恐ろしかったです。私はリエちゃんの

機嫌を少しでも損ねるわけにはいかない。これを断ったら、次のテストから私は一人ぼっちになるかもしれない。

リエちゃんはいつもそうなのです。「ケーコが友達だから、何でも協力するんだよ」とか、「見返りなんていらないよ。友達じゃない」とか言ってばかり。そういう善人の皮をかぶりながら、裏では確実に私の四肢を縛り上げて行くのです。その頃は本当にリエちゃんの笑顔が恐ろしかった。怖くてたまらなくて、それでもリエちゃんを前にして怯えた表情なんて見せていたら怒られてしまうから、無理に笑顔を作って、表向きは良い友達を演じていました。奴隷です。もはや私は奴隷。

初めて一緒に「アルバイト」をしたのは、高校一年生の頃でした。

「最初は私がやるのを見ていてくれればいいから。私が仕事をする横にいてね」

そう言われて、私はリエちゃんについていきました。繁華街の前、少しお洒落な服を着たリエちゃんと、地味な服に身を包んだ私。何をするのかと見ていたら、リエちゃんは暇そうにしているギャル風の女性に突然声をかけたのです。

「こんにちは！　何してるんですか？」

とびっきりの笑顔でした。

「別にぃ。ナンパ待ち？　なんてね、アハハ」

笑っている女の人にリエちゃんはさらに続けます。

「ふふ。ＡＶ女優とか興味ありません？」

アルバイトって一体何なのか、不安になる私にリエちゃんは優しくウインクをしました。

「大丈夫」のサインでした。


まさか。

ＡＶ女優のスカウトを、リエが？


その女の人を事務所に連れて行き、契約書を取り交わした後……リエちゃんは私に教えてくれました。ファーストフード店でジュースを飲みながら話すリエちゃんを今でもよく覚えています。

「アルバイトって、女の人をＡＶ女優に誘うことなの？」

不安な顔で質問する私にリエちゃんは笑って言いました。

「そう。スカウトマン。ＡＶ女優もそうだけど、キャバクラや風俗店、裏本のモデルなんかにもスカウトするんだ。どれがその人に向いていそうかによって、何に誘うかは決めるんだけどね」

「スカウトマン……そんなアルバイトがあるなんて」

「ＡＶの世界でスカウトマンの権力はでかいからね、見返りも大きいんだよ。事務所まで連れて行けば、とりあえず五千円もらえる。それから、ＡＶが発売されたらその売り上げの二十パーセントがもらえるんだ。どれくらい売れるかによるけど、うまくいけば月に数十万、もらえるんだよ」

「高校生が、スカウトしてるだなんて知らなかった……」

「ふふふ、まあ社会人のスカウトマンもいっぱいいるけどね。腕さえあれば、何歳でもできる。それがスカウトマンなのよ。実はね、意外とやりやすいんだよ。男性のスカウトマンと違って、性別が女性っていうのは大きい。それから、年齢が低いと話が弾みやすいの。変に警戒されないからだろうね」

「そういうものなの？」

「そうよ。みんな最初は必ず言う、あんたがスカウトマンなの？　超うける！　あんたなんかの年でAV出ていいの？　ってね。私も自然な感じで話を合わせていく。そうそう、AV出てみたいんですよ。実はうちの姉さんや母さんもAV女優で。二人ともすっごく綺麗でかっこいいんです。うちは家族の仲が良くて、私も昔からAV女優に憧《あこが》れているんですけど……まだ法律的に出られないので。今はAV女優への道をお手伝いする仕事だけでもさせてもらってるんですよ！　ってね。自分の身内や友達もAV女優っていうことにして、『意外と世の中の女性はいっぱいやっている』ような雰囲気を作っちゃうのがコツよ。AVに出ても家庭が崩れていなくて、その仕事を親や子供が肯定的に受け入れている、という情報もさりげなく出しておく。ここで先入観さえ作ってしまえば、やりやすくなるわ。当然相手は『え、お母さんもAV女優なの？』なんて聞いてくるから、それに対してどんどんポジティブな情報を出して行くの。ＡＶ女優はすっごくステキだし、綺麗だし、みんなにちやほやされる。自分の魅力だけで勝負するプロの世界。こんな職業につけることは女性の特権。若い綺麗なうちにやっておくのが一番いい。誰でもできるわけじゃない、希有な才能が必要。あなたにはそれがある。それに成功への道が開ける。例えば芸能界からスカウトだってやってくるし、テレビなんかの業界に知りあいやコネがたくさんできる。そしてやっぱり……簡単にお金が稼げる」

慣れているのでしょう、リエちゃんはすらすらと話してみせました。

「そういう情報を出して行くと、相手の気持ちは少しずつこっちに傾いてくるわ。今度は話しながら相手が不安に思っていることを取り除いていくの。プレイの内容は事前にどこまでやるかちゃんと決めるから安心だし、事務所もきちんとした会社で、女性スタッフもいっぱいいケアしてくれるから問題ない……ってね。最後には、相手がＡＶ女優をする理由を一緒に作っていってあげる」

「ＡＶ女優をする理由？」

「そう。色々あるんだけどね。一番私がよく使うのは、親や教師をネタにすること。親とか教師とか、うざいですよねえ、みたいな世間話から入るの。タバコも茶髪も、異性と付き合うことですら干渉する。当然ＡＶに出るなんて言ったら大反対でしょうね。私たちはタバコだって何だって、自分の意思でちゃんと考えてやっているのに、大人の決めた枠組みを少しでも外れたら不良だと脊髄反射する人間が多すぎる。ＡＶに出ることだって、私たちの権利。誰と付き合おうが、どんなカッコしようが私たちの自由。一人の人間として当然の自由。その責任は負うし、その対価も当然得る。それが一人の人間であるということ。それを大切にしなかったら、何にもならない。世の中を狭い価値観でしか見られない大人に何がわかるのか。そんな話をしていくわけ。親や教師、ひいては社会に不満を持つギャルの気持ちを理解してあげつつ、AVに出ることがさも『親や教師への復讐』であり、かつ『自分が一つの尊厳ある個人という証明』であるかのように語りかけるのよ。一つも嘘はつかないし、一つも強引なことは言わないわ。あくまでそういう考え方もできるという程度に、自然に匂わせていくの……」

押して、引いて。相手の心を理解して、そしてAV女優に出る方向へ持って行く。リエちゃんがさも簡単なことのように説明してみせた技術は、私には物凄く難しいことのように思えました。

「慣れればケーコもすぐできるようになるよ。ね、ケーコもこのアルバイトやってみたら？　ケーコ、買いたいものがいっぱいあるのにお小遣いすっごく少ないって言ってたでしょ。スカウトは結構割がいいよ」

にこにこと笑うリエちゃん。それはひどく意地の悪い笑顔に見えました。リエちゃんは人と話すのが得意だからいいかもしれませんが、私はそういうの苦手なんです。どうせやるなら書類整理とか、人と接しなくてすむアルバイトがしたかった。確かに私はお金が欲しいとこぼしたことがありました。しかしそれにかこつけて、こんな仕事を紹介するリエちゃんは私に嫌がらせをしたいというようにしか思えませんでした。

私が緊張しているのを察したのか、リエちゃんは私に心配そうに聞きました。

「……大丈夫？　あまり気が進まないなら、無理にやらなくてもいいよ。こんな仕事もあるよって紹介したかっただけだから……」

そんなことを言われても、私にはリエちゃんに逆らうなんてできません。リエちゃんの勧めを断ったら、何が起きるかわかりません。リエちゃんはこうして私のことを試しているに違いありません。ここで私が従うか、従わないか。そして従わなかったら、私はきっとひどい目に遭うのです。

「大丈夫。やるよ。ありがとう」

私は強引に笑顔を作って言いました。

「そう？　嫌だったら、言ってね。無理しないで」

私は頷き、さっそくスカウトを始めました。必死で街を行く女の人たちに声をかけました。何十人も、何百人も、汗だくになりながら……。それでもやはり私のトーク力では難しいものがありました。話しかけることはできてもその先が続かなかったり、うるさそうに追い払われたりしました。

結局その日、リエちゃんは二人を事務所に連れて行きましたが、私は一人も事務所に連れて行けませんでした。リエちゃんの目が凄く怖かったことをよく覚えています。

「最初は仕方ないよ、何回もチャレンジして私もできるようになったから。慣れだよ、慣れ」

リエちゃんはにっこり笑ってくれましたが、その瞳は私を冷たく見下ろしているように思えました。きっと、使えないと思ったことでしょう。私はリエちゃんの期待に応えられなかった。このままでは愛想をつかされるかもしれない。恐怖でした。明日《あした》こそ絶対に、スカウトを成功させなくちゃ。リエちゃんの役に立たなくちゃ。

そんな思いでいっぱいでした。

ケーコの口調は病的な緊張感を帯びてきた。

ケーコは確かに大人しく、気の弱い子には違いない。しかしその思考回路には一種独特のものがある。誰かの期待に応えようとするあまり、過度な思い込みにまで達してしまう。両親の成績への期待。怒られるのが怖くて、カンニングにまで手を出した。リエとの友人関係。ひょっとしたらリエは単に友人として、出来る範囲でケーコを助けていただけなのかもしれない。しかし、それに対してケーコは「リエには逆らえない。リエの期待を裏切るわけにはいかない」という強烈な義務感を抱き、リエの意思とは関係なく自分を追い詰める。両親なのか、先生なのか、それともリエなのか……その対象にかかわらず、ケーコはいつも自分自身で作り上げた強迫観念に怯えている。ケーコの中で、ネガティブシンキングと真面目さが、危険な配合で化学反応している。ケーコを「支配」していたのは、リエではなくケーコ自身だ。

リエとケーコの友情が見事にすれ違っていくさまが、見えるようだった。

次の日こそ、その次の日こそ。私とリエちゃんは「アルバイト」を続けました。

ダメでした。私が声をかけた女性は、すべてダメ。しかし、その後リエちゃんが声をかけるとうまくいくケースもありました。そんな光景を見るたびリエちゃんの静かな怒りが感じられるようで、私はひどく恐ろしかったものです。

そんな日が数週間ほど続いたころでしょうか。ついに一人、私は女の子を事務所に連れて行くことに成功しました。とても嬉しかったです。何度も失敗してきた末の成功でしたから、本当に。

もちろん完全に自分だけの力ではありませんでした。その女の子自身がもともと、AV女優に興味があったことが大きかったのです。また、リエちゃんが目星をつけてくれたということもあります。

「ねえケーコ。あそこにいる子、見える？　ベンチに座っている子。あの雰囲気の子は、スカウト待ちかもしれないから、いいかも。声かけてみたら」

見かねたリエちゃんが私に助け船を出してくれたのです。祈るような思いで話しかけてみたところ、確かに彼女はスカウト待ちでした。話はトントン拍子に進みました。

しかし……不幸でした。事務所のドアの目の前まで連れてきたところで、女の子に電話がかかってきたのです。私たちの目の前で電話を取り、話し始める女の子。どうも男からの誘いのようでした。そして電話を切ると、「ごめん。用事できたから」とサッと帰ってしまったのです。唖然《あぜん》としている間に、リエちゃんが「待って、話だけでも！」と声をかけているのが聞こえました。

しかしそれにも答えず、女の子は立ち去ってしまいました……。

私は何もできなかった。最初からAV女優に興味があるような超おいしい物件を、みすみす取り逃したのです。それも、リエちゃんが目星をつけてくれたものを。リエちゃんが私に成功体験を積ませるのに一番ふさわしいと思ってくれたものを。そもそも、女の子が帰り始めた時にリエちゃんに呼びとめさせてしまった。そこは私が呼びとめなくてはいけなかったところ。最悪。私、最悪でした。

「残念。まあ、たまにああいう人もいるんだよね。気まぐれっ子。気にしない、気にしない。次を探そうよ」

リエちゃんは明るく言ってくれました。しかしそのフォローは、どこまでが本心なのでしょうか。笑顔のリエちゃん。白い歯とピンク色の歯茎が異常にまがまがしく見えました。こんな簡単な仕事もできないのか。本当に使えない。こんな奴をテストの時に手助けするのもばかばかしい。そろそろ縁の切りどきだろう。そんな気持ちでいるのに違いないのです。リエちゃんの中で私の評価がおそらく、最底辺に達していることを感じました。

挽回《ばんかい》しなくてはいけません。

どう挽回したらいいのか。私は悩みました。家に帰って泣きながら悩んで、夜は一睡もできず、授業中はうわの空でいる日が続きました。リエちゃんは私を心配して時々声をかけてくれましたが、その真意は私にはよくわかりました。

「いいか、わかってるな。埋め合わせをしなければどうなっても知らないぞ」

そう私に伝えているのです。絶対に心の中でそう思っている。私にはそれがよくわかりました。

怖かった。本当に怖かった。自分の無力さが情けなくて、リエちゃんが怖くて、本当に悲しくて辛くて……。

そして……。

私はついに、埋め合わせをすることを決心したのです。


埋め合わせの当日、私は学校を休みました。

いつもより少し派手な服に着替え、少し派手なメイクをし、それから姉の免許証を持って……私は駅前の雑居ビルに向かいました。ビルの中には優しそうな、しかし目は笑っていない、不思議な顔をした男性がいました。私はなるべく顔を見られないようにしながら、言いました。

「榊リエさんにスカウトされて、来た者です。ビデオに出させてください」

男性は怪訝そうな顔をしました。

「君が？」

「はい。あ、あの、これ。身分証です」

私は姉の免許証を差し出し、年齢的には問題ないと押し切ろうとしました。するとと今度は柔和な感じの中年男性が出てきました。その人は表情がスレてなくていいねだとか、綺麗なボディラインしているねだとかしきりと私をほめちぎります。その合間に、ところでSMとか興味ある？　などと質問をされました。どこまでのプレイがOKで、どこまでのプレイがNGなのか詳しく聞きだされました。

私はひたすら、答えました。

「お金が欲しいんです。お金がもらえるなら、どんなことでもやります」

男性は喜び、契約書らしきものを持ってきました。そこにはお金の配分が明記されていました。それをよく読み、スカウトマンにマージンが入ることを確認して……私はサインをしました。

撮影は一週間後でした。……痛かったです。

でも私はその最中、ほっとしていました。これで埋め合わせができた。これであの取り逃してしまった女の子の分は、取り戻せた。リエちゃんにマージンが入る。私はリエちゃんに嫌われなくて済む。もう、大丈夫なんだ……。私はとても安心でした。痛かったけれど、安心でした。

そして昨日。リエちゃんが私を呼び出しました。

何か話したいことがあるとのことでした。私は少し怯えましたが、埋め合わせはすでにしていたのだから、大丈夫だと自分に言い聞かせました。

二人で何度も通った下校道。その途中にある人気のない公園。そこで私たちはベンチに座りました。

「リエちゃん、話って何」

「……ケーコ。私に、隠してることがあるでしょ」

リエちゃんの声は冷たく、私を緊張させました。

「隠してること？」

「これ、どういうこと」

リエちゃんは私にAVの契約書を見せました。

「こないだ事務所に行った時に見つけたの。この名前、ケーコのお姉ちゃんの名前になってるけど……ケーコでしょ。本当にこれケーコの意思で、したの？　まさかアルバイトしている間に、誰かに騙されたんじゃないの……？」

リエちゃんは私をきっとにらみました。

「騙されたって……」

「何でこんなことしたの？　ケーコがしたかったのなら全然いいんだけど、そうじゃないんだったら、私……許せない」

許せない？

何を言っているの。リエちゃんが許すとか許さないとかじゃないでしょう？　そもそも私にそういうことをさせたのは、リエちゃんなんだよ？　わけのわからない逆切れはやめてほしい。いい加減にしてほしい。私の頭に血が上ってくるのがわかりました。腹が立っていました。この野郎。言ってやる。じゃあもう全て言ってやる！

「そうよ。私がやったのよ。リエちゃん、白々しいわ。私の意思であることをちゃんと確認するために呼びだしたんでしょう。今までの埋め合わせのために、あなたのために、やったのよ！」

私は怒りにまかせて叫びました。

「どうして、そんなこと」

眉間に皺を寄せるリエちゃんに、私はたたみかけます。

「そうやって知らないふりするのはやめて！　いいわ、言ってあげるわ。あなたが私の秘密を握っているからでしょ。あなたが私を、そうするしかない状況に追い込んだからでしょ」

「ケーコ……？」

「最初は友人を装って、恩を売るふりをして私をがんじがらめに支配して、結局私の人生を無茶苦茶にしたんだ。私、辛かったよ。撮影されている間、悲しかったよ。入って来た時、痛かったよ。彼氏ともまだしたことなかったのに。それなのに！　泣きたかったよ。家で泣いたよ。本当に本当に、苦しかったんだから。あなたのせいだよ。あなたが、私を弄《もてあそ》んだから！　私の人生を返して。もう十分でしょう、きっとビデオは売れるわ。処女のＡＶなんて、珍しいもの。それに若い女の子だからね。実際には高校生だし。あなたにはたくさんたくさんお金が入る。それでもう私を許して。私を解放して。もう私のことを支配しないで。もう私に関わらないで！」

……そう。言ってやったんです。言ってやったんですよ。ついに、言ってやったんです。夕日が赤く照らす公園で、リエちゃんは残念そうに下を向きました。そりゃあそうでしょうね、さすがにここまでしてもらったらもう支配し続けるわけにもいかないでしょうから。自分の手駒が失われるのが嫌だったのでしょう。小学校のころから念には念を入れて主従関係を築きあげてきたわけですから、それだけは何としても避けたいところでしょう。

でも私はもう限界だった。もう無理だった。

だから、今日を限りにリエちゃんと絶交し、二度と関わらないことをお願いしました。しかし、信じられないことに、リエちゃんはそこで首を横に振ったのです！

何と言ったか、想像できますか？

「ケーコ。私、そんなつもりじゃなかった」

リエちゃんはそう言ったのです。

ここまで私を追いつめておいて、出てきた台詞がそれなんです！　罪を認めることすらしない。意図的でなければいいとか、そういう問題ではありません。そんな言葉で許しを乞《こ》おうなんて、とても理解できません。どこまで人をバカにしているのか。私の中に、言い知れぬ怒りがわいてきました。それだけではありません。

「そんなに義務とか、埋め合わせとか難しく考えずに、ただ、友達でいてほしかった」

そう言って悲しそうな顔をしたんです。私が悪いとでも言いたげに。何なんでしょうこの責任転嫁は。そんな友情と実利とを両方手に入れるようなことができるわけがありません。無茶な要求をしておいて、一体何を考えているのか。信じられない。そう思った私に、リエちゃんが最後の一言を言いました。

「できたら、これからも友達でいてほしい」

友達。

その言葉で私は理解しました。リエちゃんはまだ、私を支配するつもりなんだ。ここまでしても、ここまでお願いしても、私を離す気はないんだ。私は絶望しました。呆れかえりました。そして、ますます怒りがわきあがってきました。それはもう殺意でした。

目の前の美女、クラスメート、昔からの友人、幼馴染《おさななじみ》、優秀な頭脳を持った女性、世界最悪のこの悪魔を今すぐ消してやりたい。その息の根を止め、二度と私の前に顔を出さないようにしてやりたい。

そうです、もうここまできたらやるしかないのです。話してもわかってくれず、お願いしても許してくれない。一生奴隷にされるか、否か。今殺せば、ひょっとしたら私は解放されるかもしれない。少なくとも永遠に支配され続けるよりはましだ……。

私は自分を奮い立たせました。戦うんだ。抵抗するんだ。圧政に革命を起こす民衆のように、今こそ立ち上がるんだ！

私は勢いよくリエちゃんに飛びかかりました。

自分でもあんな行動を起こせたことに驚きました。嫌なことがあると泣くことしかできなかった私。そんな私が、直接的な暴力を初めて使ったのです。体ごとリエちゃんに掴みかかり、勢いにまかせて押し倒しました。リエちゃんは驚いたような顔をしていました。

とにかくこの女の機能を破壊しなくちゃ。無我夢中で私はリエちゃんに頭突きをしました。手でどこかを殴りました。足をがむしゃらにリエちゃんのどこかにぶつけました。私とリエちゃんは、公園の坂道を転がって行きました。

夕暮れ時、世界は暗くなりつつあり、芝生は深い緑色に染まっていました。その上をごろごろと進み、生垣の中につっこみました。枝に顔じゅうをひっかかれながらも私はリエちゃんを押し続けました。死ね、死ねと心の中で叫びながら。制服が破れ、下着がちぎれました。生垣を越え、その先に流れている川にそのまま二人で落ちました。死ね。

水はとても臭く、目に入るとひどく目が痛みました。死ね。ヘドロがもうもうと舞い上がり、視界はほとんどありません。死ね。それでも私は水中でリエちゃんを殴り続けました。死ね。水の中でぐるぐると回ってわけがわからなくなりました。死ね。そして私は、リエちゃんを離してしまいました……。

ひどく疲れてしまい、私は体の力を抜いて漂っていました。いつの間にか水面に顔を出していたらしく、呼吸ができました。あたりは真っ暗。街灯の光がおぼろに川を照らしています。

私はリエちゃんを探しました。リエちゃんは浮かんできませんでした。殺しそこねていたら大変だと思ったので、私はリエちゃんの死体を探しました。暗い川で、探しました。ありました……。

すごく見つけづらかったのですが、川の底の方に沈んでいました。目を閉じていて、まるで眠っているようでした。これで大丈夫だと思いました。安心しました。明日から誰にも支配されることのない生活を始めることができるのです。革命に勝利した民衆の気持ちとはこういうものでしょうか。凄く清々《すがすが》しい気持ちでした。私は暴君と戦い、打ち勝ったのです。本当に……よかった。これから新しい私の人生が始まるんです。私は試練を乗り越えることができたんです。嬉しい気持ちで、今はいっぱいなんです……。

これで、私の自白は終わりです。私がリエちゃんを溺死させました。悪いとは思っていません。人間として当然のことをしただけです。

私はこれから人生を取り戻して行きます。幸せをもう一度作り直すんです。ですから、誰かがリエちゃんを殺した罪をかぶってくれるのであれば……私は歓迎です。

以上です。

何か質問とか……ありませんよね。

ありがとうございました。

誰も何も言わない。

静かな中、ケーコはおずおずと演台から下りると、席についた。

そして、地味でおとなしそうな少女の顔に戻り、静かに虚空を見つめていた。

この、人殺し……。

僕の心の中で不快感が巻き起こる。

自分勝手な理由でリエを殺しておいて、何が幸せだ。人生を作り直すだ。ふざけんな。

誰がお前の罪なんかかぶるか。罪を償え。

僕は思わずケーコに罵声《ばせい》を吐きそうになる。息を吸い込んだところで、自分も人殺しであることを思い出して、口をつぐむ。

「なあ。お前のAV女優名、何て言うの？」

ワギが机に頬杖をついたまま、ニヤニヤと笑って質問する。

「……星川聖奈《ほしかわせいな》です」

ケーコは下を向いて、静かに答えた。

「うは！　それっぽい名前。探してみっかな。女子高生の処女モノだろ。嫌々ヤッてるところがまた、萌えそうだ。そんないいものが出ているのに気付かなかったとはね、ハハハ」

「……どうぞ」

どいつもこいつも。

僕は濁った唾《つば》を飲み込んだ。

〈第二回ミーティング終了　休憩時間：十五分〉

会議室にチャイムのような音が響き、放送が流れた。

休憩時間です
ミーティングを終了してください
休憩時間です
ミーティングを終了してください

「やれやれ。この調子じゃあ、全員の自白が終わるまでまだかかりそうだな。オレ、タバコ。オバサンも行こうぜ」

ワギが真っ先に立ち上がり、喫煙所へと立ち去る。

僕は深くため息をつきながら休憩室に向かった。足元が少しふらつく。頭が痛い。胸がむかつく。ケーコの話はきつかった。何がきつかったのかわからないが、僕の心はひどく疲れていた。

「リョウ、大丈夫？　顔色が真っ青だよ」

歩み寄ってきたカナミが心配そうに言う。

「少し疲れた」

「みたいね。ソファで休んだほうがいいわ」

カナミは僕を支えながらソファに座らせると、自動販売機へと向かう。

「何か飲む？」

「僕はいい」

「ふうん」

僕は目を閉じ、まぶたの上を指で押す。暗い視界の中に赤い光がぼんやりと浮かんで消える。音が聞こえる。カナミが硬貨を取り出して自動販売機に投入し、取り出し口に缶が吐きだされる音が聞こえる。僕の心臓がどくんどくんと脈動する音も。

ぷしっ。

炭酸が漏れる音で僕は目を開く。

「またコーラ？」

「コーラ、大好きなの」

「……カナミは、知ってた？」

「え？　何を」

「リエの家のこと」

「何となくはね。時々『弟にご飯作らなくちゃ』なんて言って帰っていくし、家庭に何かあるんだろうとは思ってた。アルバイトしなくちゃならないってのも聞いていたから、部活後の片づけは免除してあげてた。その代わり準備はいっぱいしてもらったけどね。でも、そんなに大変そうに見えなかったな。ちゃんと来て練習してたし、部費もきちんと払ってた。まあ、ＡＶスカウトのアルバイトっていうのはちょっとビックリだったけど。そもそもそんな仕事、高校生にできるなんて思ってなかったし。でもいいかもね、リエはおしゃべり上手だもの。需要と供給を調整するああいう仕事はリエに向いているよ。何よりそれで弟を養って、自分の学費もちゃんと稼いでいたんだから立派だと思った」

「……僕は、全然知らなかったんだ。貧乏なことも、働かなくちゃいけなかったことも」

「リエ、たぶん隠してたんだよ。リョウのこと好きだったからさ。知られたくなかったんだよ」

「そんな、まさか」

「本当本当。私リエとたまに買い食いしたけどさ、時々あの子、すっごい倹約していることがあんのよ。本当はチョコパン食べたいくせに、十円チョコで我慢したりとかさ。そんで聞くと、一週間後にリョウとデートだからお金用意してるって言うのね」

まさか。そんなまさか。

「そんなん奢ってもらえばいいじゃんって私は言うのね。相手は男なんだからって。でもリエ、そこはガンとして譲らないのよ。『他の男の人だったら奢ってもらう。でもリョウさんは本当に大切だから、そういうことしたくない。ちゃんとお金払いたい』ってさ」

リエ。どういうことだ。

僕の頭の中で、デートの時に笑顔だったリエが浮かんでは消える。そんなことしなくてもいいのに。僕は仕送りをもらっている大学生だ。家庭教師のバイトだってしていた、お金はあるんだよ。会計の時に何も言わずに財布を取り出していたリエがいじらしい。

「何となく私もわかるな。お金を出してくれるからとか、そういうことなしで好きでいたかったんだよ。世の中にはお金とか、権威とか、人脈とか……そういうものを求めて異性と付き合うケースもある。それはそれでいいと私は思うけど、リエは嫌だったんだろうね。そういう要素を排除して、ただ人と人として付き合っていたかったんだよ。そういうところはリエ、ちょっと可愛いと思う」

わけがわからない。

僕の頭の中で、今度は一方的に別れを告げてきたリエの姿が浮かぶ。ふざけたような口調で、「私別の男の人と結婚することにしたから、別れて。今までありがとう」と言ったリエ。その腕にはいつもつけていたはずの時計がなかった。僕がプレゼントした時計。時計はどうしたの、そう聞く僕にリエは言った。「売ったわ。二万くらいになった。結構いい時計だったのね、ありがとう」そして僕をつまらないものを見るかのような目で見た。

僕は、怒りと絶望で心の奥が赤と黒に染まっていくようで……。

あのリエは、何だったんだ。僕の夢だとでも言うのか。僕のことを好きだと言うリエ。僕のことを裏切るリエ。二つのイメージが重ならず、僕を混乱させる。

「わけがわからない……」

僕はリエを憎まなくてはならない。そうだ、憎い。あいつが憎い。僕を裏切ったあいつが憎くてたまらない。そうじゃなければ、ダメだ。そうでなければ僕のやったことが無意味になってしまうんだ。僕は……。

　頭をかきむしる僕を見てカナミが言う。

「そうね。私もわからないことだらけだわ。確かにリエは私が殺したはずなのに……。ケーコは、溺死させたと言い張っている。ねえ、リョウはケーコの『自白』、聞いていてどう思った？」

「どう思うって……自分勝手な理屈で他人を殺したんだなって思ったよ。正直に言って」

「まあ、それはそうだけどね。リエに支配された、なんて……あれ、勝手に思い込んで逆恨みしただけでしょう。被害妄想もいいところ。ケーコの話を聞いていて、私少しリエに同情しちゃったわ。こんな人と幼馴染なんて、ついてないわねって。あの子は少し自分を見直さないと、また何か犯罪をしでかすと思うわ」

「かもね」

「でさ、それはとりあえず置いといて。もっと根本的な質問なんだけど。……あの話、事実だと思う？」

　カナミは難しいことを聞く。しかし、重要な質問だ。

　僕は少し考えてから答える。

「そうだなあ。そんなことありえるのかって思いながら聞いていたけれど、意外と理屈は通っている気がするんだよな。ケーコの考え方は狂気じみているけれど、わからなくもないと言うか。強引にそう解釈していくのは不可能でもないと言うか。特にリエと一緒になってのAVスカウトのシーンなんかはリアルだった。妄想だけで話せる内容だとは思えない」

「つまり……」

「事実なんだと思う。少なくとも、殺す直前までの話は」

「なるほど。リョウも私とほぼ同意見だね」

「カナミも？」

カナミはコーラを一口飲むと、言う。

「そう。私も基本的には事実だと感じた。誇張や拡大解釈はありそうだけど、あれはケーコがリエを殺すまでの『真実』だよ。実際に殺すに至るまでの心境の変化。でもね、殺したシーンだけはちょっとよくわからない。そもそも公園で殴り合いになった後、水面に落ちて溺死っていうのが変。リエは水泳部の選手だよ？　それもしょっちゅうアンカーやってるからね、肝っ玉が据わってる。そんなリエが溺れるなんてちょっと考えにくい」

「でも水面に落下した時に気絶して、そのまま死んじゃうってケースはあるらしいよ。それに、パニックになるとどんな水泳の名人でも溺れてしまうそうだけど。上下の感覚がわからなくなって、どこに向かって泳いだらいいか混乱するんだって」

「そうかもしれないけど……でもね、もっと簡単な理由があるわ。リエを殺したのは私なの。私が殺した以上、ケーコが殺せるわけがない」

「まあ、そうだね」

「たぶん、殺すところはケーコの想像なんだと思うわ。ケーコは殺意までは作り上げたけれど、その後殺しそこなったのよ。なぜ、自分が殺したことにしたいのかはわからないけど」

「でも……」

僕が反論しようとすると、カナミが遮った。

「わかってるわよ。私がリエを殺したってことだって、私の想像かもしれないって言うんでしょ。そしてリョウ、あなたがリエを殺したこともあなたの想像かもしれないわ」

そんなことはないと言おうとするが、証明する方法はない。僕は黙り込む。

「そこはもういいわ。相談しても答えなんか出ない。議論は平行線よ。そうじゃない。このミーティングはそうじゃない。何て言ったらいいのかな、このミーティングの目的って真実を明らかにすることじゃない気がするんだ」

「どういうことだよ」

「えーとさ、うまく言えないんだけどね。参加者のみんなはそれぞれ理由があって殺人を犯したと思ってる。もしくは、そう主張している。その理由は様々だけど。例えば川西みたいに愛の表現として殺人に至ったと言う人がいる。彼としては、何が何でも『自分が殺した』ということにしたいはず。だってそうでしょ、彼が犯人じゃなかったら彼の愛は成立しないんだから。だから彼はこのミーティングで自分が真犯人とされることを望んでいるわけ。対して、私やケーコは違う。私の殺意についてはまた自白するタイミングで説明すればいいと思うけど、別に真犯人扱いされたいわけじゃない。むしろ、犯罪者になるのは嫌。ケーコもそう。新しい人生を歩み始めるためには、無罪で解放された方が絶対いいに決まっている。全員が犯人という空気の中でケーコは『自白』をしたけれど、本当は真犯人は別の人間でした、という形が理想だと思っているはずよ。自分以外の誰か。実際にそいつが犯人かどうかに関係なく、ね」

「え？　だとすると、このミーティングの意味って」

「わかんないよ。でもね、みんなそれぞれに殺人に関する利害関係を持っている。犯人は自分でありたいだとか、自分以外の誰かに罪を押し付けたいだとか、この人が犯人ということにしたいだとか。ひょっとしたら他のパターンもあるかもしれない。自分が犯人ということにしてきちんと罪を償いたいとかね。とにかくそんな七人が議論して、誰が犯人ということにするのかを『決める』ミーティングだよ。誰が犯人かを『明らかにする』ミーティングじゃ、ないんだ」

「事実に関係なく、決める……」

「たぶん、だけどね。私は思ったことを言っているだけよ。でも実際、この状況の本質ってそんなところじゃないかしら。誰を真犯人にしたらいいのか。すべきなのか。ひょっとしたら議論は最終的に多数決で決定する形になるかもしれない。そうなったら、誰を味方に引き込むかも重要になってくる。自分に投票してもらうのか、それとも自分以外の誰かに投票してもらうのか。七人の誰にどんな印象を持ってもらって、最終的に自分はどういう結論に持って行きたいのか。それぞれの思考回路を理解して、自分に最適なように議論をコントロールしていくための戦略が必要になる……」

「何だか凄く複雑だな」

「うん、ちょっと考えすぎな気もしてきた」

「誰を真犯人にするか……そんなもの、いくらミーティングを重ねようと、答えが出ないような気もする」

「まあ議論は混乱するだろうね。ってか、すでに混乱しているし」

「それに、そんなミーティングをして真犯人を決めて、結局どうするんだよ？」

「そうだねえ。その真犯人が罰せられるのかなあ。このミーティングを主催している人が何を考えているのか、さっぱりわからないからね」

ふう。僕はため息をつく。

主催者は何がしたいんだ。

僕たちをどうしたいんだ。

「いっそ、主催者もミーティングに参加してくれればいいのに」

僕は二度目のため息と一緒に、言う。

そうすりゃ主催者の意図をまず聞くことができる。それから議論した方が、はるかにスムーズな気がする。

「ミーティングに、参加……？」

カナミが目を丸くして僕を見る。

「そういう発想もあったか」

「何だよ？」

「このミーティングの主催者は、参加者の誰かなのかもしれない。リョウ、ナイス。ナイス逆切れ発言」

カナミは僕をよくわからない言葉で褒めると、顎《あご》に手を当てて何か考え始めた。

「推理クイズでも解いているつもり？　そんなことわかりっこないじゃないか」

「そんなことないわ。そもそもこのミーティング、変よ。休憩時間の挟まれ方が妙にぴったりだもの。一人の自白が終わったくらいでちょうどアナウンスが入る。まるで誰かが会議室の中で議論の進捗《しんちょく》状況を逐一確認しているみたい」

「そんなの、監視カメラで別室から見ていればすむことじゃないか」

「あの部屋に監視カメラなんてあるかしら？」

「それらしいものはなかったけど、隠してあるかもしれないじゃないか。レンズの大きさ数ミリなんてのもある時代だし、わかりにくく設置されていたら見つけようがないよ」

「そうかもしれないけど」

「だいたいアナウンスが流れた時、参加者はみんな手ぶらで静かに聞いているだけだった。マイクに向かって何か喋《しゃべ》っている奴なんかいなかったぞ」

「そんなの、あらかじめ録音してあるものを流すだけでいいじゃない。マイクに向かって話しかける必要なんかない、ボタン一つ押すだけですむわ」

「ボタン？　どうやって？　リモコンでも持っているって言うのかい。だとしても、リモコンをいじっているような奴もいなかったと思うけどな」

いちいち言い返す僕にムッとした表情を向けながらも、カナミは言う。

「まあ……今は何とも言えないわ。とにかくもっと情報が必要ね。まだ自白したのは二人だし、現時点ではわからないことが多すぎる。ねえリョウ、私たちはなるべく自白を後回しにしたほうがいいと思うわ。もっと情報を集めてから、戦略を練り、タイミングを見て自白したほうがいい。それが賢くこのミーティングを切りぬけるために必要なことよ」

「そうかもしれないけれど」

「何にせよ、何も考えずに行動するのは得策じゃないわ」

「まあ、ね」

戦略か。

人を殺したことについて話し合うに当たり、戦略。そんなものが必要になるのか。

カナミの理屈で言うと、僕の真犯人に関する利害関係はどうなるのだろう。

僕は当然犯人だ。だけど罪に問われるのは嫌だ。自由でいたい。真犯人に積極的にはなりたくない。だけど川西が真犯人になるのだけは避けたい。あんな変態の自己満足にリエを使われるだなんて、絶対に嫌だ。ケーコは？　ケーコの理屈は腹立たしい。あんな理由でリエが殺されるだなんて、ひどく不愉快だ。悪いのはほとんどケーコじゃないかと思う。

僕は自分でリエを殺していると言うのに、ケーコの話を聞いていてリエの仇討ちをしたいような気さえしてきている。ケーコは罪を償うべきではないのか？　ケーコが真犯人になるのが僕にとっては良いのでは？　僕でも川西でもなく、ケーコが真犯人になる戦略。

……しかし。

僕の頭の中で引っかかっているものがある。誰を真犯人にするかということや、会議の主催者の意図よりもずっと大切なこと。それが明らかにならなければ、僕はこの先生きていくことができない気がする。

……リエの真実。

リエ、君はどうして僕を振ったんだ？

僕はリエを憎んでいいんだよな？　僕がリエを殺したのは正しいことのはずだよな？リエを殺したのは正しかったんだよな……。

もう一度リエと話したい。リエがどういうつもりだったのか、ちゃんと聞きだしたい。でもそれはもうできない。僕はこの気持ちにどう決着をつければいいのか。

どうしたらいいんだよ……。

休憩時間終了です

ミーティングルームに集まってください

休憩時間終了です

ミーティングルームに集まってください

アナウンスの声が僕を現実に引き戻す。

「リョウ、行こう」

カナミがコーラの缶を持ったまま、僕の腕を引く。

「うん」

「何考え込んじゃってるの。いい？　もう一回言うわよ。なるべく自白の順番は後にして、まずは情報収集に専念。いいわね？」

「わかったよ」

「よし」

リエ。

僕はリエの顔を思い出しながら、ミーティングルームへと歩く。

ドアの向こうのその部屋。その部屋にいたのはまだ数時間程度だというのに、僕は早くもうんざりしてきた。

〈榊カズヤの動向〉

「あなた、カナミの知り合いですか？　カナミと一緒にいるの？　ねえ？」

佐久間カナミのスマートフォンに繋がったと思うや否や、緊迫感のある声が耳に飛び込んできた。何事かと思いつつも、オレは自己紹介をする。

「榊カズヤと申します。いつも姉のリエがお世話になっております」

「ああ、リエちゃんの弟さん……？」

「はい。これ、カナミさんのスマートフォンですよね？」

「それがね、ええと、どうしたらいいのかしら。私、佐久間サツキ。カナミの母親です。実はね、カナミが昨日から帰ってきていないの」

なんだって。

「昨日は普通に学校に行ったのよ。学校の出席簿にも記録が残ってるの。でも下校してから何の手がかりもないのよ。何人かのお友達にも聞いてみたんだけど、みんな知らないって言うばかりで。ねえ、カズヤ君は何か知らない？」

失踪？

「すみません、カナミさんのことは知りません」

「そうよねえ。ごめんなさいね。本当に全然手がかりがなくて、困っているのよ。でもね、家出なんかする子じゃないの。あ、このカナミのスマートフォンもね、たまたま昨日持って行くのを忘れたみたいなのよ。こっちから連絡することもできやしない。何してるのかしら、まったく。時々お友達の家に泊ってくることはあったけど、連絡を怠る子じゃないし……。カズヤ君はカナミに用だったんでしょう？　ごめんなさいね、今はそういうわけなのよ。ねえ、もしカナミのことについて何かわかったら、教えてね。そうそう、リエちゃんがカナミについて何か言ってなかったかしら？　リエちゃんの携帯電話にもかけたんだけど、繋がらなくてね」

「……いえ。姉とは昨日話していませんので」

どうなっている。母のヨリコ、姉のリエ、元カレのリョウ。そしてカナミまで連絡が取れない。こんな偶然あり得るのか。まさか全員失踪したって言うのか？　どこに？　なぜ。

「あらそう……リエちゃんもお忙しいのね。ごめんなさい」

「いいえ。とんでもない」

「ついさっき、捜索願も出してきたのよ。一番近くの交番まで行ってね。色々と聞かれて答えたけれど、やっぱりカナミが家出なんて考えられない。何か事件に巻き込まれていたらどうしたらいいのかしら。それにしてもなんだか交番も忙しそうだったわ。警官の一人が無断欠勤したとか、愚痴こぼしてた。あんな勤務態度で大丈夫なのかしら。早く見つけてほしいのに。何のために高い税金払ってるのかしら。ああ、ごめんなさいね。カズヤ君に言っても仕方ないわよね」

興奮しているのか、混乱しているのか。佐久間サツキは取り留めもなく色々なことをべらべらと話す。仕方なくオレは話を合わせる。

「警官が無断欠勤なんてこともあるんですね」

「みたいねえ。『あの川西め。家に電話しても出やがらねえ』とか言っていたから名前までわかっちゃったわ。カズヤ君、何かあっても川西警察官には相談しちゃだめよ」

「わかりました」

川西警察官。こんなところでまで悪口を言われて、気の毒に。

「ごめんなさいね。変なこと愚痴っちゃった。ねえカズヤ君、繰り返しになるけど、カナミのこと何かわかったら教えてね。いつでもいいから。夜でも全然構わない。この電話にかけてくれれば大丈夫だから」

「はい。わかりました」

オレは答えると、電話を切った。

手が震えていた。

姉さんの周りで何かが起きている。姉さんを中心に、関わりのある人間が失踪、もしくは音信不通。もう偶然じゃない。何かあった。不吉な予感がする。

はっきり言って、心当たりがある。

姉さんはここ数日悩んでいた。オレに見せないようにしていたけど、悩んでいた。こっそり風呂で泣いたり、ぼうっとしてコップ割ったり。そのくせオレが部屋から出てくると、にっこり笑ってみせるんだ。

心配かけたくないんだろうけど……。

オレは内心凄く不安だった。特に最近は、姉さんが何か自分の身を危険にさらしているらしいことがうすうす感じられたから。

オレは姉さんの部屋に入る。悪いけど勝手に漁《あさ》らせてもらうよ。

狭い部屋には、必要最小限のものだけが置かれている。衣類、教科書やノートの類、文房具、それから家計簿。家計簿には付箋《ふせん》が挟まっている。オレはその付箋を一つ取り外し、書かれている内容を見た。

「二十日まで。家賃用意。それからカズヤの誕生日プレゼント（バスケットシューズが欲しいらしい？　後で足のサイズを聞こう）」

姉さん。

いつも人のことばっかり。

いつもいつも自分のことは後回しで。オレが姉さんの仕事を手伝おうとしても、カズヤはちゃんと勉強しな、そんで立派な人になりなの一点張りで。何か悩んでいるのって聞いても、返ってくるのは笑顔で「大丈夫。姉ちゃんにまかせときな」だけで。

姉さんは小さい頃からずっとそうだ。何だか不愉快な気分で、オレは付箋を握りつぶす。

ちくしょう。自分が情けない。ぐわっと視界が歪《ゆが》んで、目から涙が出てきそうになる。

オレは必死で我慢する。

泣くな。泣いてどうする。しっかりしろ、アホ。

姉さんの引き出しを開ける。預金通帳と印鑑が置かれたままだ。家出ではない。棚を開く。卒業アルバムといくつかの本。それからオレと姉さんが写った写真。オレが仏頂面で写っている。何通かのラブレター。リョウからもらったやつかな。こんなものをやり取りしていたのか。いや、そんなことはいい。何か姉さんの行き先の手がかりになりそうなものはないか。何か……。

何だこれは。

A4の紙に手書きされた、メモが出てきた。

・参加者

川西伸介　カワニシシンスケ
坂倉圭子　サカクラケーコ
吉田満　ヨシダミツル
榊依子　サカキヨリコ
桜井和義　サクライワギ
藤宮亮　フジミヤリョウ
佐久間香奈美　サクマカナミ

みんなリエのこと嫌い

以上

……参加者？
リョウ。カナミ。ヨリコ。ケーコ、ミツル、ワギ……これは誰だ？　川西。川西？
まさか。

〈第三回ミーティング〉


「さてと。じゃあ次は誰が自白するか決めるか。えーと……やりたい奴いるか？」

ワギが全員に聞く。本人はポケットに両手を入れたまま、椅子にだらしなく腰掛けている。かなりのヘビースモーカーなのだろう、席が離れていても十分わかるほどタバコ臭い。今回は誰も手を挙げない。カナミが僕の方を見て、「わかっているわね」と言わんばかりに目配せする。わかってるよ。僕は軽く頷いてみせる。

「なんだ。誰もやりたくないのか？　じゃあ、こっからはケーコちゃんから時計回りに順番ということにするか？　それとも、アミダくじとか……」

僕はどきりとする。もし時計回りであれば、僕の順番は二番目だ。

「待ってください」

川西が挙手する。

「ん？　川西、お前は最初に自白しただろ。もういいよ。他の奴の話を聞くのが先だ」

「そうではありません。このミーティング自体に意味がないと思うんです」

「え？」

「さっきの坂倉ケーコさんの話、私は黙って聞いていました。面白い妄想のお話でしたが、そんな話をいくつも聞いたところで真犯人が誰かという結論が出るとは思えません」

「お前の話の方がずっと妄想っぽかったけどな」

「何を言います。いいですか、皆さんも同じなんですか？　こんな妄想を抱いているんですか？　犯人を自称する人間が多数いるということには驚きましたが、それ自体はありえないことではないと思います。例えば私が殺し損ねたあとに、偶然誰かが殺したとかね。誰かが殺したと思い込んだ後に、私がとどめを刺したとか。それはありえます。しかし、さっきの話はありえない。ケーコさんの話では、昨日の夕方に公園でリエさんと取っ組みあって、溺死させたということでした。しかし私は昨日の夜、リエさんの姿を見ているんです。十八時頃に家からリエさんが出てきて、デートをし、帰路につくまでをこの目ではっきり見ました。そして二十一時頃でしょうか、私はリエさんを殺したのです。いいですか、リエさんが夕方に溺死していたはずがありません。死ぬのはおろか、水に濡《ぬ》れた跡すらありませんでした。これは殺し損ねたとかそんなレベルじゃありません。絶対に両立しえない事実なんです」

ははは、とワギが笑う。

「川西、お前面白いな。ちょっと頭イッちゃってるかと思いきや、きちんと理屈をこねることもできるってわけだ。一見普通に生活している人間であっても、その五割は精神疾患もち……だなんてどこかで聞いたが、お前を見ているとあながち誇張でもない気がしてくるよ」

「何を言っているんです。私はごく正常ですよ。しいて言えば、皆さんより発想力や想像力が優れているとは思いますけどね。少し繊細なんですよ。しかしですね、ケーコさん、あなたの話は完全に私と矛盾しているんです。私は自分が正常であることを知っています。ゆえに、あなたの話は妄想なんですよ」

川西は真剣な表情でケーコを指さす。大真面目なその瞳がひどく奇怪に思える。

ケーコは不快そうに眉間にしわを寄せる。

「私だって、自分が正しいと思うことを言っているだけですけど……」

「皆さんもケーコさんのような話をするつもりですか？　そうだとしたら、ここは狂気の部屋です。皆さんは全員妄想癖を持った人間に違いない。そうだ、ここはそういう部屋なんじゃないですか？　警察が主催していないとしたら、この会議は精神科病院か何かですよ。それとも妄想癖の症例を研究している実験施設かもしれません。そうだ、そう考えるのが自然です。皆さんは病気の治療のためにここに閉じ込められているんですよ。議論するのは、まあ一種のリハビリみたいなものなんじゃないですか。しかし、なんでこんなところに私が閉じ込められなくてはならないんですか？　聞いていますか、主催者の方！　私は正常です。病気ではありません。もう一度きちんと診断してください！　そうすればわかるはずです、私は理性的だと。こんな人たちと一緒にしないでください。狂人の話を聞いていても意味なんかありません！」

川西は立ち上がり、天井に向かって叫ぶ。あまりにも必死なその姿は、どこか滑稽ですらあった。

苦笑するワギ。

主催者側からは何の反応もない。川西の声は天井に吸い込まれて消えていった。

「どうなっているんですか、本当に。こんなすっきりしない気持ち、はっきり言って不愉快です。私は正常なんです！　ちゃんと聞いてください！　これは横暴ですよ。精神科病院ごときにこんなことが許されるんですか？　人権侵害ですよ。」

「狂人に限って自分が正常だと主張するんだよ」

明らかに軽蔑《けいべつ》を含んだ口調でミツルが言い放つ。

川西はヒステリックな声をあげる。

「なんですって。小学生のくせに」

「だってそうじゃないか。自分が狂人だってわかんないから狂人なんだろ。川西さん、あなたみたいにね。理性のある人間だったら、そんなこと大声で言ったりしないと思うよ。正常とかどうとか以前に、そんなことお互いに言いあってたって何の進展も得られないもの。僕たちは『どっちが正しい、どっちが間違い』なんて議論してもしょうがないんだよ。お互いの考えが平行線になるのであれば、どこで妥協点を見出すかを冷静に考えるべきだと思うんだけど」

ミツルは立ち上がり、穢《けが》れのない瞳で川西をまっすぐに見つめた。

その迫力。長いまつげの奥の灰色の眼球。ミツルは小さい。子供だ。警察官の川西と比べれば圧倒的に体格で劣る。しかし川西はそのミツルにひるんだ。

室内にいる全員がミツルを見て目を丸くする。彼の口からとうとうと流れ出た言葉は、小学生離れしていた。

「『小学生のくせに』って言うけどさ、小学生の僕なんかにこんなこと指摘されないで欲しいんだよね。大人に対して失望しちゃうじゃないか。でもまあ……妥協点を冷静に考えられない大人がほとんどだから、戦争も起きるんだろうね。大丈夫。別に川西さんだけが特別劣っているわけでもないと思う。最初から期待していないよ」

ミツルはさらさらと流れるように話す。早口で聞き取りにくいところもあるが、ある種の筋は通っていた。

「あ、あなた……」

川西は言い返すことができない。

「ハハハ。川西、またもやガキにボッコボコだな。お前ら漫才かよ」

ワギはどこか嬉しそうだ。

「川西さん、もういいよ。少し黙っていてもらえるかな。あ、自殺したいんだったらしてもいいよ」

ミツルはため息をつきながらゆっくりと歩く。何も言えないでいる川西に一瞥《いちべつ》もくれずに横をすり抜けると、演台に立つ。そして言った。

「三回目のミーティングは、僕が話す。ちょっと……言いたいことがあるんだ」

ミツルは部屋が静まり返るのを確認すると、話し始めた。

・吉田ミツルの自白

僕は吉田ミツル。いきなりだけど、僕はこの場にいる人間のことを大体知っている。もちろん、知識としてだけどね。会ったことがあるわけじゃない。

どうして知っているかと言うと、リエさんから聞いたんだ。こんな人がいるとか、こんな人と揉めているとか……。僕とリエさんはお互いの悩み事を相談し合う仲だったからね。

そんなリエさんと知り合ったのは、大きな……鉄塔の下だった。


僕の両親はいつも喧嘩ばかりしていた。

父さんは仕事でほとんど家に帰らない人だった。それだけじゃなく、父さんは他所《よそ》で恋人を作っていた。いつも母さんとはそのことで揉めていたよ。しまいに母さんは家を出て行って、帰ってこなくなってしまった。僕は広い家に父さんと二人暮らし。母さんが出て行ってしまってからは、父さんは恋人と過ごして帰ってこない日が増えた。僕は何日も何日も一人きりで家にいた。

僕はよく窓から外を見て過ごした。窓からは木々が見えて、家屋のベランダに洗濯物が干されているのが見えた。どこまでも続く住宅街のつまらない風景。だけどその中でひときわ目立つものがあったんだ。

それが、巨大な鉄塔。

鉄材と鉄材とが複雑に組み合わされ、幾何学的な模様を青空に描く鉄塔。高圧電線を抱いて支える鉄塔。大きな発電所からその鉄塔で電気を導いて、枝葉となる小さな電信柱に少しずつ電気を分け与えていく。人間で言えば大動脈に当たる鉄塔だと誰かから聞いた。

僕は毎日その鉄塔を眺めていた。綺麗だった。鉄塔はいつもそこにそびえたっていて、街を見下ろしていた。

ずっと考えていたんだ。あの鉄塔の根元はどうなっているのかと。あの鉄塔のすぐ近くまで行き、鉄塔を見上げたらどんな気分になるのかと。ここから見ていてもあれだけ威圧感のある存在だもの、近くで見たら圧倒されてしまうかもしれない。

毎日毎日見つめ続けて、そしてある日、決心した。

鉄塔まで歩いて行こう。父さんは「外は危険だから」と僕の遠出を禁じていたけれど、ちっとも帰って来やしないのだから……僕がその気にさえなれば家を出ることはできる。大丈夫だ。どれだけ遠くても、準備をしていけばいつかはきっと辿り着ける。どんなに大変でも、一度鉄塔を間近に見てみたい。よし。行こう。

僕はリュックサックを用意して、その中に食料や水をたっぷり詰め込んだ。鉄塔は果てしなく遠く、凄く長い旅になるような気がしたんだ。当然夜になっても困らないように懐中電灯を用意したし、その予備の電池まで鞄のポケットにしまいこんだ。準備はいくらしてもしすぎることはないと思った。途中にどんな危険があるかわからなかったし、準備が足りないために塔を目前にして引き返す羽目になったら最悪だからね。

そしてある日、満を持して僕は出かけた。

前日は緊張のあまり、眠れなかったよ。

学校から帰り、用意したリュックを背負い……僕は鉄塔を目指して歩きはじめた。相当気合いが入っていたよ。あの巨大な鉄塔は人智を超越した神秘的な建造物に思えていたんだ。まるで神に謁見しに行くかのように僕は一歩一歩を踏みしめて歩いた。

道から見上げる鉄塔は時々ビルの陰に隠れたりする。僕はそのたびに慎重に方向をはかり、喉が渇けば水を節約しながら飲んだ。太陽が鉄塔の向こう側にあって、その光が鉄塔を黒々と浮かび上がらせていた。まるで鉄塔が光を放っているようで……時々きらめく銀色の光が、僕に何か神聖な言語で話しかけているかのように思えた。

だけど。

一時間も歩かなかった。いや、三十分すら歩かなかったかもしれない。

僕は鉄塔の根元に辿り着いてしまったんだ。

あっという間だった。住宅街を越え、少し交通量の多い通りを歩いて、土手のような所に上がったらそこがもう鉄塔だった。あっけなかった。

近くで見る鉄塔には何の感慨もなかった。

確かにとても高くて大きかったけれど、神々しくはない。根元は必要最小限の鉄材とコンクリートで支えられていて、それは何とも言えず現実的だった。あたりの土には雑草が生えていて、その合間に空き缶や吸い殻が落ちている。張り巡らされたフェンスには「あぶないよ！　近づかないで」と作業員のおじさんが両手を出して静止する絵がかかっていた。凄く、安っぽかった。

僕は何だかとても疲れてしまってそこに座り込んだ。

鉄塔は僕が思っていたよりもずっと普通で、ずっと何気ない存在だった。周辺はジョギングコースになっているらしく、何人もの人が音楽を聴きながら通り過ぎて行く。だけど誰ひとり、立ち止まって鉄塔に興味を示したりはしない。鉄塔はみんなにとっては取るに足らない背景だった。

僕は納得できなかった。

こんな鉄塔に夢を見て、何日も前から準備をしていた自分がひどく浅はかに思えて悲しくなった。それと同時になんというか……世の中の全てのものが少し色あせて見えた気がした。僕の中で神々しい存在だった鉄塔がその光を失ってしまったように、この世界の色々なものが順々に光を失っていくような予感がしたんだ。

その時だった。

リエさんが僕の前に現れたんだ。

しゃがみこんだ僕の前に、中学校の制服を着た綺麗な女の人が立っていた。

「僕は迷子じゃありません」と言おうとして、気がついた。女の人は僕ではなく、鉄塔を見上げていた。顎の裏側が見えるくらいに鉄塔を見上げていた。

日は沈みかけていて、土手には赤紫の光が輝きながら散乱し、女の人と鉄塔の長い影が伸びている。僕は鉄塔を見上げているその女の人を、茫然と見ていた。ひゅうと風が吹いて女の人の髪の毛を巻き上げる。女の人はため息をついているように見えた。そして、鉄塔から目を離して僕の方を見て……。

「意外と、普通だね」

そう言って笑ったんだ。

その一言と僕に向けた視線だけでわかった。その女の人も鉄塔を探してここに来たのだと。この人は中学生にもなって、この鉄塔の根元を見るためにわざわざ歩いてきたんだ。そして辿り着いて、観察してみて……おそらくは僕と同じように、鉄塔の実際の姿を理解したんだ。でもその人は落ち込んだりはしなかった。「こうなっているんだあ。なるほどねえ」って、鉄塔の現実に触れられたことを素直に喜んでいた。

「私はリエ」

その女の人は名乗ると、僕の横にちょこんと座った。

「……僕はミツル」

「ミツル君。どう思った？　鉄塔に辿り着いて」

「がっかりした」

僕は正直に答えた。

「遠くから見ていた時よりも、ずっと普通だったんだ」

するとSeqリエさんは言った。

「確かに普通ね。思っていたよりずっと普通だわ。でも私は素敵だと思う。確かに遠くから見つめていた時の神々しさはここにはない。あったのはごく普通の鉄の建造物だけ。でもね、それって凄いことじゃないかしら。ただの鉄の建造物が、遠くにいる人間に夢を見せることができるなんて。そうして今日は二人も、その根元にまで引き寄せた。魔法のような引力。素敵な力よ。ありがとう、鉄塔。夢を見せてくれた。鉄塔が私たちに夢を見せた事実。その美しさに変わりはないの。鉄塔がただのコンクリートと鉄にすぎないことがわかったとしても、決して色あせはしない……」

　リエさんの目はきらきらと輝いていた。

　僕はなんだかそんなリエさんが凄く綺麗に思えて、慌ててリュックの中に手を入れてかき回した。サイダーの瓶を取り出す。鉄塔に辿り着いたら祝杯をあげるために持ってきたものだ。さっきまでそんなものを用意していたことが情けなかったけれど、リエさんと一緒にここで飲むのは悪くない気がした。

「これ、持って来たんだ」

「あら」

　リエさんはサイダーの瓶を見ると、にっこり笑ってくれた。僕たちはサイダーを開け、二人で鉄塔の前で飲んだ。甘くて爽やかな味が口の中で弾ける。リエさんの提案で、残ったサイダーは鉄塔の根元の地面にかけてやることにした。

僕が瓶を傾けると透明な液体がすぅと流れ落ち、それは土の上でしゅわしゅわと泡だって、ゆっくりと奥に染み込んでいく。

……綺麗だった。非現実的な鉄塔に引き寄せられた二人の他人が、現実的な鉄塔の下で甘いサイダーを飲む。なんだかとても不思議な気分になった。夢の続きを見ているような、時間が止まっているような感じがした……。

それから僕とリエさんは時々鉄塔で会うようになった。

と言っても、別に待ち合わせをしていたわけじゃない。学校が終わって何となく気が向いた時に鉄塔に行くだけ。

だからリエさんがいることもあれば、いないこともあった。三回に一回くらいの確率で、リエさんはいた。鉄塔の横で本を読んでいることもあれば、家計簿らしいものを前にうんうんうなっていることもあった。

リエさんがどれくらい鉄塔に来ていたか知らないけれど……仮にリエさんにとっても三回に一回くらいの確率で僕が鉄塔にいたとするなら……僕たちは二人の三分の一が一致した時だけ鉄塔でおしゃべりをする、そんな仲だった。

でもそんな関係はのんびりと続いていった。

僕とリエさんは色々なことを話した。すぐにわかったことは、お互いに悩んでばかりいることだった。全く日常生活で関わりがない二人だったから、逆にプライベートな悩みを言うことに抵抗がなかったのかもしれない。僕は両親がほとんど家に帰ってきてくれないことなどを話した。

リエさんは……リエさんは色々な悩みを抱えていて、それを僕に話した。

母親が夜遊びばかりしていて、全然家にお金を入れようとしないこと。リエさんは自分と弟が生きていくためのお金を稼ぐために働かなくてはならなかった。そして、家計簿とにらめっこをしなくてはならなかった。それだけではなく母親は自分の遊ぶお金欲しさに、リエさんの写真を隠し撮り、売ろうとすらした。

ねえ？　そうだよね、ヨリコさん。ひどい母親だよね。

でも……リエさんはたくましい人だった。アルバイトをしてしっかり稼いで、家計を引っ張っていた。大変は大変だったみたいだけど、それが大きな悩みだったわけじゃなかった。

リエさんが本当に悩んでいたのは、自分自身についてだった。自分自身の存在が、他人を壊していく……そんな恐怖をずっと抱き続けていたみたいだった。

「私が誰かと一緒にいると、その人が不幸になる」って。

リエさんは言っていた。

何度も何度も言っていた……。

「私が誰かと一緒にいると、その人が不幸になるの」

「……どういうこと？」

「知らないわ。ひょっとしたら、母さんに言われすぎたのかもしれない。言われているうちに、そういうことなんだって思いこんでしまったのかもしれない」

「リエさんは、お母さんに何を言われたの？」

「……あんたさえいなかったら良かったのに、って……」

「……」

「うちの母さんは、後妻なの。父さんは家出して帰ってこないし、母さんは子供の世話なんかせずに遊びたいんだと思うわ。実際、何人もの男と関係を作っているしね。でも相手はたいがい、妻子ある男。そういう男でないと興奮できないのか何なのか知らないけど、まあ変な人だわ。でも結局ね、男は妻子の方を取るのよね。母さんはいつも最後は捨てられる。そのせいもあってか、いつも私を怒るのよ。『リエ、あんたがいなかったらあの男が振り向いてくれた。私一人だったら、妻子なんか捨てさせて、一緒になることができた。あんたは私を不幸にする、あんたは私をいつもひどい目に遭わせる、あんたなんかいらない！』ってね」

「八つ当たりだね」

「そうかもね」

「リエさんの弟さんもそんなひどい目に？」

「幸いにして、カズヤは母さんに気に入られているのよ。怒られたりしているのは見たことがない。どういうことなのかわからないけど、男には甘いみたい。でもね、母さんは家のことは何にもしないし、お金を稼いででも全部自分と男に使っちゃう。だから私がいなくちゃカズヤも生きていけないわ」

「大変だね」

「まあねえ」

「でも、それはお母さんがおかしいと思うよ。リエさんがいるから不幸になるだなんて、真面目に受け取らない方がいい」

「でもね、それだけじゃないのよ」

「なにが？」

「私ね、親友がいるんだ」

「うん」

「ケーコって言うんだけどね、小学校の頃からずっと一緒なの。何だか気が合うのか、話しやすくてね。今も同じクラスなんだけどしょっちゅう一緒にいるの」

「うん、いいね」

「恋愛の相談したり、ケーコの恋愛応援したり。一緒に色々作戦練ったりして、ケーコは見事、好きな人と両想いになれたんだよ。私は今のところ彼氏がいるからケーコに恋愛相談したことはないけど、何かあったらケーコも絶対応援してくれるはず。他にも一緒にアルバイトしたりとかしてるの。大きな声じゃ言えないけど、二人で組んでカンニングしたこともあるんだよ」

「凄い仲良しじゃん」

「うん」

「……なんでそんなに悲しそうな顔をするの？」

「なんかね、なんか変なのよ。ケーコが私と友達でいるのが辛いみたいなの」

「えっ？」

「いつからかわからないけど、私と一緒にいる時に凄く無理をしているような気がするの。私を怖がっているみたい。私が何か悪いことをしたのって聞いても教えてくれない。無理に一緒にいなくてもいいよって言っても、困ったように笑うばかり」

「……気にしすぎなんじゃないの？」

「ううん。絶対あれは変。きっと何かあるんだと思う。……なんとなくだけど、私の存在が重いんだと思うの」

「重い？」

「そうよ。この感じ、他にもあるの。あのね、私、水泳部にいるんだけどね」

「うん」

「そこにカナミ先輩っていう凄くいい先輩がいるんだ」

「うん？　うん」

「両倒見が良くてね。入部したばかりの時は本当にいつも気にしてくれていて、声をかけてもらったり、ジュースを奢ってもらったりした。帰る方向が同じだったから、部活で遅くなった日は一緒に帰ったりもした」

「いい人だね」

「うん。いい人なの。でもね、最近ダメなんだ。カナミ先輩は私のことが嫌いなんだと思うの。でもカナミ先輩はそれを隠して、無理に私に優しく今まで通り接してくれている気がする」

「嫌い……？　どうして」

「私は今まで通りにしているだけなんだけどね。たぶん、カナミ先輩のタイムを抜いちゃったからだと思うわ。それも、カナミ先輩は毎日居残り練習までして努力しているのに、私は週に二回はバイトで部活を休んでいる。それでも、抜いちゃったの。だからそれ以来、カナミ先輩と話すと気まずくて」

「考えすぎじゃないのかな」

「違うの」

「……」

「言葉じゃうまく言えないけど、はっきりわかるの。挨拶した瞬間に笑顔を無理やり作ってこちらを振り返るのが。私と話し終わって離れて行く時に、小さなため息をついているのが。私が泳いでいる時に感じる冷たい視線。私のタイムが読み上げられる時に歯ぎしりをする音。前よりも積極的に話しかけてくれなくなったし、誰かと一緒の時にしかジュースも奢ってくれなくなった。部活が終わったらカナミ先輩はすぐに着替えて帰ってしまうか、他の友達と約束があるからって私を避ける。一緒に帰ることは少なくなったわ。私が帰りに少し本屋に寄ってから駅に向かうと、一人っきりのカナミ先輩とホームで出会ったりする。カナミ先輩は友達と約束があったはずなのに。そんな時、カナミ先輩が私に見せる表情。困惑と不快と、偽善」

「そうなんだ」

「私の存在がきっと重いんだわ。カナミ先輩も。ケーコも。……私、いつもこうなんだよ」

リエさんは顔を両手で覆う。

「どうしたらいいのかわからないの。私は一生懸命やっているだけなのに。ダメなの。私……私……」

その手の隙間から涙がこぼれる。

「どうしてかわからないけれど、周りの人がみんな不幸になっていくんだよ。お母さんは私のせいで幸せになれないって私を叱る。ケーコも私と一緒にいるのが辛いみたい。カナミ先輩は私がいなければ、部活で一番の選手でいられた。私はただ毎日を生きようとしているだけなのに、みんなが私のせいで歪んでいく！　そんなの嫌なの。みんなには幸せでいてほしいのに……」

僕はリエさんの震える肩を見ていた。

「私、もう違うところに行きたかったの。どこか遠くに、人のいない世界に行ってしまいたかった。そうしたら私の存在が許されるような気がして。だからこの鉄塔まで歩いてきた。この鉄塔の根元には見た事もない世界が広がっているような気がしたから。でも違った。鉄塔の根元もまた、人がいる世界だった。鉄塔自体、人が作ったものなんだから当たり前よね。でも私はどこか違う所に行けるような気がしていたの！」

「リエさん」

「……逆に言えばそれくらい、私は疲れているんだわ」

リエさんの顔は青ざめていた。

「ミツル君、不思議でしょ。私はこんなに疲れているの。最近自分が変なのよ。鉄塔を見てふらふらと歩きだしてしまったり。昨日なんか歯磨きをした後、洗面所の鏡の前で一時間くらいずっと立ち尽くして自分の姿を見つめていた。どうしてかはわからないの。ふっと我に返って、自分が何をしているのかわからなくて怖くなった。夜は何だか眠れないし、眠れば悪夢を見る。自分がゆっくりばらばらになっていくような気がするのよ」

リエさんはくりくりとした目を悲しそうに歪めて言う。

こんなに綺麗な人がこんなことを言っているだなんて、僕にはとても不思議に思えた。

「それでも学校に行けばケーコとにこにことおしゃべりをするし、部活ではカナミ先輩にフォームを見てもらう。帰り道にカナミ先輩と会えば挨拶をして、家では弟と一緒に楽しくご飯を食べる。母さんのために作り置きをしておく。お風呂に入ってのびをしてリラックス。翌朝、手のつけられていない作り置きを温めなおして朝ご飯を作って……うっ、うっ、うっ」

「リエさん、もう言わなくていいよ」

「ミツル君」

僕はリエさんの手を掴んで、言ったんだ。リエさんの目にあふれた涙が僕の手にも落ちた。透明で熱い、その液体。

「そんなの、リエさんが悲しがることじゃない。みんなが悪いんだ。リエさんの才能に嫉妬するしかない弱者か、リエさんの魅力によろめくか頼るしかできない愚者が悪いんだ。リエさんはそんな人たちに構う必要なんかない。気にせずに我が道を行けばいいんだよ」

「だって。だって。そんなことしたら、みんな私のこと怒るよ」

「怒られたって構うもんか。少し敵ができるくらい、どうってことないじゃないか」

「だって、だって……」

リエさんは泣きじゃくるばかりだった。


リエさんは自分のことになると泣いてばかりいたけれど、僕のことになると頼もしい人だった。

「だから、ちっとも父さんも母さんも帰って来ないんだ」

僕はリエさんに両親のことを話す。

「ひどいわね」

「父さんが母さんをきちんと大事にすればいいんだよ。どうして他に女の人なんか作ったりするんだろう」

「……」

「僕に会いたくないのなら、僕なんか作らなければよかったんだ……」

「ミツル君は、お父さんが他の女の人のところにいくのをやめさせたい？」

「うん。やめさせたい」

「お姉ちゃんが、ひとはだ脱いであげようか」

「えっ？」

「その相手の女の人の名前や連絡先、わかる？　お姉ちゃんが不倫はやめなさいって、言ってあげるわよ」

「リエさん、が……」

「だってミツル君のこと不幸にしておいて自分は好き勝手やっているなんて、腹立つじゃない。私にとってミツル君は大切なお友達。鉄塔でできた、知らない世界のお友達。私はお友達のためだったら何だってやるわ」

リエさんは僕の目を覗きこんで言った。

「……せめて連絡先だけでもわからない？」

真剣なまなざしだった。

僕はその時、調べてみるとだけ答えた。

僕は数日後、リエさんに不倫相手の電話番号を渡すことができた。

父さんの電話履歴を調べて、そこからそれらしきものをピックアップしたんだ。僕が手渡した電話番号のメモを見て、リエさんは顔をゆがませた。

「ミツル君に辛い思いをさせて、ひどい人」

それから僕の頭をなでた。

「大丈夫。お姉ちゃんがきっとなんとかしてあげるから」

「ありがとう」

「お父さん、帰ってきてくれるといいね」

にっこり笑ったリエさんは、ちょっとお母さんに似ていた。


リエさんの魔法の効果があったのか。それとももっと他の効果だったのか。

本当に父さんは家に帰って来た。夜中にごとごとと音がして、何だろうと居間に行くと父さんが座っていた。父さんは疲れた顔をして俯いていた。久しぶりに見る父さんの顔は懐かしくて、そして新鮮だった。

僕が部屋を覗き込むと父さんも僕を見た。

「ミツル。ごめんな……」

息子がいることをようやく思い出したかのように父さんは僕に詫《わ》び、僕の頭をその大きな手でなでた。僕はどうしたらいいのかわからなくなって、少しだけ笑った。

「父さんはこれから毎日、おうちに帰ってきてくれる？」

僕の質問に父さんは答えず、寂しそうにほほ笑む。

「母さんも、帰ってきてくれる？」

「……どうだろうな」

父さんの手の感触を髪の毛で感じながら、僕はぼうっと前を眺めた。やっぱりこれは魔法なんだろうか。魔法はいつまで続くのだろうか。父さんは帰ってきてくれた。明日は帰ってきてくれるだろうか？　いつまで帰ってきてくれるのだろうか？　それはわからない。けれど今日帰ってきてくれたのは事実だ。ひょっとしたら今日から何かが変わっていくのかもしれない。

「ごめんな……」

父さんはもう一度繰り返す。

僕の視線の先。棚に置かれた写真立ての中で、父さんと母さんと僕がにっこりと笑っていた。


「父さん、帰ってきてくれたよ」

僕が言うと、リエさんは鉄塔に寄りかかりながら笑った。

「あら、良かった」

「リエさんが何かしてくれたんだね」

「ふふふ、そうかもね」

リエさんはいたずらっぽく笑う。

「リエさん。ありがとう」

僕は父さんが帰ってきてくれたのはリエさんのおかげだと確信していた。だから今日はお礼をするつもりで来ていた。

「えへへ。気にしないでいいよ」

「凄いね、リエさんは。何でもできちゃうんだね」

「まあ、お友達のためなら手段は選ばないわ」

僕はリュックの中からサイダーを二本取り出した。リエさんが甘い炭酸飲料を好むことを僕はちゃんと覚えていた。

「これ、一緒に飲もうよ」

「うふふ、ありがとう」

口の中で炭酸が弾けるのを楽しみながら、僕とリエさんは鉄塔を見上げていた。まぶしい日差しが鉄塔の体軀《たいく》を照らし、魚のうろこのようにギラギラと輝かせる。綺麗だった。そんな中には表面がさびているのか、どんなに光が当たっても輝かない部分もある。そんな灰色と銀色が混じり合い、明滅して、鉄塔はまるで空と交信しているようだった。

「ミツル君」

「なに」

「私のお願いも、一つ聞いてもらえる?」

「リエさんのお願いだったら僕、何でも聞くよ」

「ありがとう」

僕たちはお互いの顔を見ることなく、鉄塔だけを見つめていた。

「……どんなこと？」

「うん。ミツル君、私を殺して」

「えっ」

「……なるべく楽に」

「……」

僕たちは鉄塔だけを見つめていたから、二人の言葉は鉄塔を介して通信しているのと同じことだった。

「リエさんは、いつからそんなこと考えてたの？」

「割と最近かな。ちょっと色々あってね。そう思ったの。でももっと前からうっすらと考えていたんだと思う。最近やっと自分が死にたいと考えていることを理解した、そんな感じ」

「ずっと死にたいって考えていたんだ」

「うん。もうね、人間がいる世界で暮らすのは疲れたの」

「でもリエさん、死ぬだなんて」

「私も別に、自分の存在を否定して命を絶とうっていうわけじゃないのよ。どこか他の世界に行きたいだけなのよ。この鉄塔はその入り口のような気がしていた。だからここに来たし、ここで、ミツル君に出会った。ミツル君ならわかるでしょう？　この鉄塔を目指した時の気持ち。学校、おうち、テレビの向こう、大人たち、友達……そういう事柄と全く違う存在にあこがれて、別の空気を吸いたくて、他のことを忘れたくてここまで来た。鉄塔は普通の人工物だったけれど、私は一つの異世界に出会ったわ。ミツル君、あなたよ」

「僕が」

「そう。ミツル君は私にとって全く新しい存在よ。私が私であったとしても一緒にいられるお友達。私に嫉妬しないいし、私に依存しないいし、私に責任転嫁しないいし、私に欲情しない。いつも私は他人と付き合う時、無理をしなくてはならなかった。無理に自分を変えて相手を立てるか、自分は自分のままでいて相手に無理をさせてしまうか。自分か、相手か。自分を歪ませる悲しみか、相手を歪ませる悲しみのどちらかを受けてきた。ミツル君だけは、その心配がないわ。何の心配もなく正直に話せるし、素直でいられるの」

「僕はいつまでもリエさんと一緒にいるよ。だから。僕がいるから、死ななくたっていいじゃないか」

「違うのよ。私はもう疲れたの。嫌になったの。この世界で生きていく限り他の人間と一緒にいなくてはならない。電車でも、学校でも、会社でも、どこででも、今までもこれからも。そういう義務が存在するってことすら、もう意識していたくないのよ。今の世界とは全く違う概念が支配する世界に行きたい。肉体を脱ぎ捨てて精神を解きはなって、旅に出たい。二度と帰れなくて構わないわ。ねえミツル君、わかるでしょう？　私がこんなことを頼める人はミツル君しかいないのよ。この鉄塔で出会ったあなただけ。私のお願いを聞いてくれる人や、私のことを殺したいと考えている人は他にもいるわ。でもその人たちじゃダメなの。その人たちはきっと私の望むようにはしてくれない。ミツル君、あなたが特別な人なのよ。あなたに殺してもらいたいの」

僕は黙り込んでしまった。

反論できないくらいにリエさんの気持ちがわかってしまったからだ。鉄塔を目指してきて出会った二人。そこには何の打算もなかったし、何の複雑な感情もなかった。色々なややこしい偏見がかぶさってもいない。僕たちの間にある空気は凄く透明だった。

特別だった。

リエさんにとって僕がそうであるように、僕にとってのリエさんもまた。

父さんと母さんのことだってリエさんだから相談できたことだ。他の人には言えない。リエさんも、僕だから殺してくれと言うことができる。そして僕にはわかる。

リエさんは本当にそれを望んでいることが。

一時の自暴自棄でもなく、安易な現実逃避でもなく、おそらくはリエさんが自分らしく生きるために必要なこととして、死を選んでいるんだ。そして僕はリエさんに自分らしく生きていってほしい。そのための手伝いは何でもしたい、となれば……。

「わかった」

僕は頷いてしまった。

「私がもうここに来なくなったら、ミツル君は寂しいのかしら」

ある日の真夜中。鉄塔の脇で準備をする僕にリエさんはささやいた。

「最初に話を聞いた時は、寂しい気もしたけれど」

僕は温かいお湯を魔法びんからコーヒーフィルターに注ぐ。

「今は別に寂しくないよ」

豆は家で挽いてきた。茶色い粉をお湯が濡らしていくのにつれて、いいにおいが立ち上る。大きめのカップを二つ。僕の分とリエさんの分だ。

「そうなんだ」

「うん。考えたんだ。リエさんが辛い思いをしてこの世界で生き続けるのと、リエさんが幸せな気持ちでこの世界から消えてしまうのと。どちらが僕にとって寂しいか。僕は大丈夫だよ。リエさんが鉄塔に来てくれなくなっても、リエさんが笑顔でいるって思えるのであれば僕は寂しくない」

黒い液体がカップを満たしていく。黒曜石の色だ。黒く澄んだ美しい石の色。リエさんがいなくなるのはもちろん寂しいよ。だから、笑顔のまま生き続けてくれるのが一番いいんだ。だけどそれが無理なら……仕方ないじゃないか。

僕は家から持ってきた紙袋を取り出して開く。中には粉末状になった結晶が入っている。三グラム少々。十分に致死量のはずだ。リエさんのカップにだけそれを溶かし、よくかき混ぜる。味は大丈夫だろうか。飲みづらくないだろうか。砂糖を加えた方がいいだろうか。味見しておきたいが、なんとか思いとどまる。

「できたよ」

「ありがとう」

僕が手渡したカップを、リエさんはまるで宝物を手に入れたかのように胸に抱く。

「少し苦いかもしれないけど、できるだけ一気に飲んでね」

「うん。……あったかい」

鉄塔の下でカップを持って仲良く座る僕たちは、知らない人が見れば天体観測をしに来た姉弟《きょうだい》のように思えただろう。

リエさんはそのコーヒーを飲みほせば、数十分後に呼吸麻痺《まひ》を起こして死ぬ。ひょっとしたら多少の痙攣が起こるかもしれないが、助かることはない。そばにいる僕はリエさんが死ぬまで見守る。誰かが救急車を呼ぶようなことがあればリエさんを担いで逃げ、治療はさせない。リエさんもそれを望んでいるから。

僕が責任を持って、殺す。

「ミツル君、ありがとうね。私のお願い聞いてくれて。この毒を手に入れるのだって、簡単じゃなかったでしょう」

正直、思ったよりもずっと難しい仕事だった。人が死ぬために必要な毒と、その量、入手方法。無理なく飲むための方法。そしてできるだけ苦しまないで死ぬにはどうしたらいいか。そんな知識は学校では教えてくれない。僕は何日か図書館にこもらざるを得なかった。

「リエさんのためならいいんだよ。準備はいい？」

「大丈夫」

「よし。じゃあ、好きなタイミングで飲んで。僕もリエさんに合わせてコーヒーを飲むから。僕の方には毒は入っていないけれど……一緒に飲もう。サイダー、一緒に飲んだ時のように」

「ふふふ」

何笑っているのさ。僕はいぶかしむ。

「いっせーのせ、にしようか。こういうのって、いつ飲んだらいいのかわからないわ」

「いいよ」

「じゃあ。いっせーの……せ」

僕たちはカップの中の液体に口をつけた。

温かいコーヒーが流れ込んでくる。唇に触れ、歯を濡らし、舌を前から後ろまでゆっくりと流れて鼻腔《びこう》を香りで満たしながら。食道を進み、胃に到達して胃壁を黒く覆っていく。僕の中で「外から入ってきたもの」が膜を張っていく。やがてそれは腸を越えてお腹の中をぐるぐると何重にも回り、出口を探して流れ続ける。コーヒーという液体を僕という管が包んでいるのか、コーヒーという黒い膜が僕を内側から包んでいるのか。

横目でちらりと見れば、リエさんのカップがほとんど空になっていた。

ああ。

あの結晶がリエさんの中に行き渡っていく。僕と同じように黒い膜がリエさんを体内から抱きしめ、その脊髄と脳に染み込む。そしてその正常な動作を阻害して、肺や喉が動きを止める。それまで自分自身だったものの反逆。言うことを聞かない呼吸器官。他の全臓器が明日生きるための動作を続けているというのに、一部の器官だけが逆らい、やがてそれが致命的にリエさんの体を破壊する。そしてリエさんは昏睡《こんすい》し、永遠に異世界へと「旅立つ」。

何てあっけないんだろう。

あんな一つまみの結晶だけで、リエさんは人間ではなくなる。リエさんの全身を重々しく縛り付けていた人間関係の鎖は、心棒を失って瓦解《がかい》する。あれだけ長いこと悩んでいたものが、簡単に解決する。信じられないほど簡単に。こんなにも簡単に……。

リエさん。

「ミツル君」

リエさん。

「やっぱり、ミツル君のこと信じていてよかった」

なんでそんなにいい笑顔をするの。

「私、ちょっと思ってたんだ。鉄塔でミツル君に会った瞬間から。鉄塔は別の世界への入り口。ミツル君は、ひょっとしてミツル君は」

僕が何。

「別の世界から、私のために来てくれた人なんじゃないかって。新しい世界に私を導いてくれる人なんじゃないかって。鉄塔が私を呼んだんじゃなくて、ミツル君が鉄塔から私を呼んでいたんじゃないかって……」

リエさん。

僕はそこで、涙が噴き出してきてしまった。ダメじゃないか僕。リエさんが完全に絶命するまであたりを監視するのが僕の役割だ。ここで泣いてどうするんだよ。ここで泣いて。涙は後から後から止まらない。止まってくれない。毒が効きはじめたのか、リエさんはゆっくりと地面に寝転がる。

「そしてミツル君は今、新しい世界に私を連れて行ってくれる。やっぱりそうだったんだ。ミツル君が、別の世界からやってきてくれた王子様だったんだ」

どうして？　どうして。僕と同じことを思っているんだろう。

リエさん、僕もそう思っていたんだ。鉄塔はただの鉄塔だったけど、リエさんは確かに異世界だった。家の中という牢獄《ろうごく》から僕を外に連れ出してくれたのは、リエさんだったんだ。あの時から確かに僕の歴史は変わり始めたんだよ。僕も異世界に行きたかったし、リエさんも行きたかった。お互いがお互いの案内人となって異世界にいざなう。二人の待ち合わせ場所であり、合言葉であり、通信塔である鉄塔が、ただそこにあって……。

「ミツル君、ありがとう」

リエさんはとびきりの笑顔を僕に向けて目を閉じた。

リエさん。

僕も伝えなくちゃ。同じことを考えていたんだよって、僕もリエさんに感謝しているんだよって、ちゃんと伝えなくちゃ。泣いていてはいけない。今言わなかったらダメなんだ。

ギリギリ今、気付いたんじゃないか。まだ間に合う。今言えばまだ間に合うんだ。

「リ、リエさん、僕も。僕を連れ出してくれたのもリエさんだったんだよ！　リエさん、ありがとう……」

嗚咽《おえつ》混じりに絞りだした僕の言葉。

リエさんの返事はなかった。

「……これで、僕の自白は終わりだよ」

ミツルは目を赤くしながら、話を終えた。

僕たちは全員絶句していて声が出せない。特に女性三人は青ざめているように見えた。ヨリコ、ケーコ、カナミ。三人とも今のミツルの話の中で、リエからの正直な気持ちが述べられていた人物だ。

——お母さんは私のせいで幸せになれないって私を叱る。ケーコも私と一緒にいるのが辛いみたい。カナミ先輩は私がいなければ、部活で一番の選手でいられた——

ミツルの話。その中で、リエの言葉という形で表現された内容は、リエの苦痛と三人のエゴをあぶり出していた。

「何か質問ある？　自称犯人さんたち」

「……お前はリエに毒を飲ませたってことだよな？」

　ワギが言う。

「そうだよ」

「何の毒だ」

「ストリキニーネ。毒性の高いアルカロイド」

　ミツルは淡々と答える。

「そんなものどうやって手に入れたんだ？　法律で規制されている薬品だぞ。簡単に入手できるものじゃない」

「父さんの部屋にあったんだ。父さんは研究医をしていて色々な薬品を扱っている。その関係で持ってこれたんじゃないかな。どういう用途に使っているのかは知らない」

「なるほどね。じゃあ確かにストリキニーネとやらを使ったわけだな。ってことは、だ」

　ワギは首をかしげながら続ける。

「リエの死体からストリキニーネが検出されれば……お前の犯行だっていう証拠になるな。検死でストリキニーネって出るもんなのか？　多分出るんだろうな。ははは。面白い」

「まあそうだね。別に面白くはないけれど」

「面白いさ。お前で自白も三人目だが、ちっとも誰が犯人なのかわかってこない。なんだよこれ？　それぞれにちゃんと動機があって、それぞれの話の中ではつじつまが合ってる。違うのは死因だけだ。今必要なのは、リエの死体だ。あの女の死体を持ってくるのが一番早いぜ。死体を専門家がよく調べて、どれが死因なのか明らかにしてから考えた方がずっと効率的だ」

「リエさんの死体の解剖なんてする必要はないよ。僕が犯人だ。リエさんは鉄塔から違う世界へ行ったんだ。それ以外の結論なんて僕が認めないよ。僕が嫌なんじゃない。あんなに悩んであんなに苦しんで、そして最後に笑って死んでいったリエさんのために、それを事実としておかなくてはならないんだ」

「ふっふん。なるほどね」

　ワギは笑う。

「まあわかった。お前も川西タイプね。はいはい。……なあ。お前、リエから色々な悩み話聞いたんだろう？　その中でオレの話は出てこなかったのか？　オレについて何か言っていなかったか？」

「……ワギさんについては、具体的には聞かなかったな」

「へえ？　そうなのか。意外だな」

　ミツルはワギをきっとにらんだ。

「……でも、きっとリエさんはワギさんのこと嫌いだったと思うよ」

「ほお。そりゃまた面白い」

　ワギはニヤニヤした。

休憩時間です
ミーティングを終了してください
休憩時間です
ミーティングを終了してください

　計ったかのようなタイミングでアナウンスが流れた。

〈第三回ミーティング終了　休憩時間：十五分〉

　今までの休憩時間と違い、カナミは僕に話しかけてこなかった。アナウンスを聞くとカナミはすぐに立ち上がり、俯きながら休憩室へと消えて行ったのだ。

　仕方なく僕はカナミを追いかける。

　カナミは休憩室の隅の方のソファでうなだれていた。

「カナミ」

「あ……リョウ」

「今のミーティング、言われた通り情報収集というか……聞きに徹したよ。今回も不思議な話だったな。とりあえずあのミツルって子は、『自分が真の殺人犯になりたいタイプ』だったたね。川西とは真っ向から対立するわけだ。あと気がついたことと言えば、ワギのこと。ワギはよく参加者と絡むけれど、からかうような内容が多くて静観している感じ。ワギは自分が真犯人ということにはしたくないように感じる。カナミは、どう思った？」

ぎしぎし。

そんな音が聞こえたかと思った。

カナミから発せられている何か異様な雰囲気に、僕は思わず押し黙る。

「あ……ごめん」

カナミはふと我に返ったように、僕に言う。

「私、歯ぎしりしている……」

カナミは呟《つぶや》きながら、虚空を見つめてもう一度歯ぎしりをする。必死で何かに耐えているように見える。カナミを傷つけようとする何かから自分自身を守ろうとしているのか。それとも、誰かを傷つけてしまいそうなカナミ自身を押し殺しているのか……。

カナミは静かにソファにうずくまっていた。

「ごめん。私、ちょっと気分悪いみたい」

「大丈夫か？　何か飲み物でも持ってこようか」

口ではそう言ったものの、体調の問題でないことはよくわかった。

おそらくさっきのミツルの話だ。あの中に何か、カナミの心を刺激するようなことがあったに違いない。リエがミツルと話していた内容。リエの立場からの、カナミへの気持ち。

「うん……いい。少しだけ、一人にして」

僕は頷いて、カナミのそばを離れた。

ショックを受ける気持ちはわかる。

ミツルの自白は今までのものとは全く異質なものだった。ミツルの自白の中には、他の会議参加者が登場していた。リエが何人かの人間との問題を抱えていた、という事実として。それは会議参加者の自白の裏返し……彼らの自白を「リエ」側から観察したものに他ならない。まるで殺人鬼の言い分を聞いたリエが、ミツルの口を使って反論したかのようだった。

リエが自分でも思い悩んでいて、ミツルに死を望んだ。

この話は衝撃だった。

僕にとっては、ミツルのような話し相手がいたことすら初耳だった。それに加えてリエが死を望んでいたなんて。全く想像もしていなかった。しかしミツルの話は、最後の殺害のシーンだけを除き、川西の自白やケーコの自白と矛盾しているようには思えない。むしろ繋がり合って一つの真実を浮き上がらせているように思える。

ミツル。

そうだ、僕はミツルに聞かなくてはならない。

リエは、ケーコがリエを重く感じていることを理解していた。カナミに疎まれていることを、ヨリコに邪魔者扱いされていることを自覚していた。

僕は？

僕のことは何か言っていなかったのか？

リエは僕をどう思っていたのか。それが知りたい。知らなくてはいけないんだ。

「ミツル」

僕は声に出していた。ミツルはどこだ。ミツル。


「……リョウさん」

ミツルは会議室の椅子に座ったままだった。他のみんなは休憩所か喫煙所にそれぞれ行ったのだろう、広い会議室には僕とミツルだけがいた。

「ミツル君。聞きたいことがあるんだ」

「なに？　すごく必死な顔」

ミツルは僕の方に体を向ける。小学生らしい純真な目だ。その中に少しだけ、何かを責めるような光がある。

「あのさ……」

僕は少し口ごもる。

これを聞いていいんだろうか。答えの内容によっては僕は物凄くショックを受けるかもしれない。傷つくかもしれない。カナミのようになってしまうかもしれない。少し、いやかなり怖い。

「……どうしたの？」

でもモヤモヤしているよりはいい。

「リエは、僕のことで何か言っていなかった？　悩んでいるとか……き、嫌いだとか。好きだとか」

ミツルがまっすぐに僕を見つめる。

聞いてしまった。ミツルの口からどんな言葉が飛び出してくるんだろう？　考えてみればこんなことは、リエ本人にすら聞いたことがなかった。僕はリエのことが好きだとは口に出して言ったし、その意思表示としてプレゼントもした。だけどリエがどう思っているかいちいち確認なんてしたことはなかった。

リエは僕の告白にOKしてくれた。リエは僕とデートしてくれる。メールをすれば返事をくれる。そんないくつかの出来事から僕はリエの気持ちを肯定的に考えていただけだ。言葉にして確認するのがこんなに怖くて緊張することだなんて。この確認によっては、僕の見ていた世界が足元から崩壊する可能性だってある。僕はその引き金を自ら引いたんだ。

リエは僕のことを好きだったのか。リエは僕のことを嫌いだったのか。どうして僕をいきなり捨てたんだ。何か、何か事情があったんじゃないのか。いや、あって欲しい。あったと言ってくれ。

「リエさんとは、あまり恋愛関係について話したことはなかったんだ。僕がまだ小学生だったからかもしれないけどね」

ミツルは僕から視線をそらさずに話し出した。

「でも、リョウさんの話は少し聞いたことがあるよ」

「どんな話だった」

僕はよほど必死な顔をしていたのだろう、ミツルは少しだけ微笑んで続けた。

「大好きだって言ってた」

「えっ……？」

「リエさんはさ、凄くモテる人だったみたいなんだ。またラブレターもらったんだとか、告白されたんだとか、よく言っていた。だけどあまり嬉しそうじゃないんだよね。どうして私みたいな他人を不幸にしてしまう人間を好きになるのか、って悲しそうな顔をしている。場合によっては相手に悲しい思いだけさせてしまったって反省しているんだ。リエさんは女性であることが辛そうだった。それがさ……」

自分の顔面が緩んでいくのがよくわかる。

「ある日、初めて告白されて喜んでいたんだ。あのリエさんが、恋する女の子の瞳になっていた。その相手が、リョウさん」

僕は。

僕とリエとの愛は、本当だったのか。

心の底から安心感が湧きあがってくる。いや、これは安心感だなんて言葉で表現するのがもったいないくらい素敵な気持ちだ。

嬉しい。嬉しい？

リエは……。

「ケーコさんも言っていたけれど、リエさんはAV女優のスカウトをしていたんだ。時には現場で撮影に立ち会ったりもするんだって。リエさんはそういうのを見ても別に何とも思わないそうなんだよ。何となく動物的で、下らなく思えるんだって。そんなリエさんがね、リョウさんと初めて手を握っただとか、僕に報告するんだ。顔を赤らめながらだよ。僕はびっくりしたよ。いつもどこか世の中のことを冷めた目で見ているリエさんの体の中に、リョウさんのおかげで温かい血が巡っているように思えたんだ」

ミツルの口から語られる言葉は、少し僕をくすぐったい気持ちにさせた。

「リエさんはいつも怖がっていたっけ。友達や先輩ならまだいいけれど、リョウさんのことを不幸にしてしまうのは嫌だって、言っていた。それくらい特別な存在だったんだろうね。必要以上にそれを警戒している気もしたな。嫌われたくないと思うあまり、AVのスカウトの話だとか、家庭の話もリョウさんには言えなかったと思う」

確かにリエは僕と一緒の時はいつも物静かだった。話をしても最低限の受け答えしかしないことが多く、僕はリエが退屈しているのかと不安になったものだ。あまりに会話がはずまないので、喧嘩になりかけたこともある。だけど時々リエはにっこりと笑い、僕を幸せな気分にしてくれた。

リエは、大人しい子なんだ。

僕はそんな理屈で納得していた。

僕は。

僕はリエのことを全然知らなかったんだ……。

「リエさんはリョウさんに救われていたよ。たくさんたくさん、ね。リョウさんの前では凄く安心した気持ちでいられるんだって言っていた。僕もリエさんの救いになっているリョウさんのことを、好きだった。きっと優しくて、素敵な人なんだろうってね。リエさんの持っている暗い部分を全部飲みこんで、楽しい気分にさせてしまうような……太陽のような男の人。一度も会ったことはなかったけれど、僕はリョウさんのことを尊敬していたし、憧れていた。でもね、こんな所で会うことになるなんてね」

ミツルは急に冷たい視線を僕に向けた。

「リョウさん、さっき言っていたよね。リエさんをナイフで刺したんでしょ？」

「……」

僕は声を出せない。

「ここはリエさんを殺した犯人たちが集まる場所だ。誰が殺したのかはまだ結論が出ていないけれど、少なくともリエさんを殺すような動機をみんな持っている。僕がリエさんを殺したのは、リエさんが好きだったからだ。でもリョウさんはどうしてリエさんを殺したの？　好きだったから、殺したの？」

好きだったから殺した。そうなのか？　僕は。

違うんじゃないのか。僕はリエが嫌いだったんだ。あんな奴死んでしまえばいいと思ったんだ。憎くて憎くて、殺してやりたかったんだ。

ミツルは、リエのことが大切で、そのリエが死にたいと言っていたから力を貸したんだ。ミツルは「好きだったから殺した」。川西もそうだ。リエが好きで、あの世で一緒になろうとしたから殺した。川西も「好きだったから殺した」。僕は？

好きで、大切で、本当に心から愛していたから……だからこそ、裏切られたのが許せなかったのか？　想いの分がそのまま殺意に変質して、刺した。別に大して好きでもない女に裏切られたとしても……おそらく殺そうとは思わなかっただろう。だからそれは、言いかえるとつまり。

「僕も、好きだったから殺した……」

そう言っていいのか？

「そうなの？　リョウさん、本当にそうなの？」

ミツルの目は僕の濁った水晶体を光で照らすように、真正面から僕を見つめている。

本当にそうか？

好きなのにどうして殺した？

僕は。僕は、リエを憎んでいた。リエに嫌な思いをさせてやりたくて、僕を振ったことを後悔させたくて、それで殺したんだ。

ミツルと川西は違うじゃないか。二人はリエが「殺してほしい」と思っているという前提で、リエのために「殺した」んだ。まあ、川西はちょっと歪んだ考え方だったけれど……一応そういう理屈だった。僕はリエは「死にたくない」だろうから、最悪の思いを味わわせるために「殺した」んだ。僕はリエを苦しませたかったんだ。

同じ殺人でも罪深いのはどちらだ。心が醜いのは誰だ。リエのことを好きじゃなかったのは、誰だ？

僕じゃないか。

「リョウさん、どうして殺したんだよ？　リエさんは本当は死にたくなんかなかったはずなんだ。この世界で生きていけるなら、それにこしたことはなかったはずなんだ。リョウさんは、きっとリエさんが生きていくための鍵だったんだよ？　リョウさんがリエさんを助けることができたら、リエさんは僕の作った毒入りコーヒーを飲まなくてすんだのかもしれない。ねえ、リョウさんはどうしてリエさんを助けなかったの？　助けられなかっただけじゃなく、どうしてナイフで刺したんだよ！　僕はリョウさんは……一番この部屋にいるはずがない人だと思っていた。それなのにどうしてリョウさん、ここに殺人犯としているんだよ。おかしいじゃないかっ！」

ミツルは精いっぱいの声で叫ぶと、少しだけ涙をこぼす。すぐに手で拭いて、赤く充血した目で僕をにらんだ。はっきりと、僕を非難していた。

だけど、だけど。

「それならどうして、リエは僕を突然振ったんだよ！」

僕はほとんど悲鳴に近い声をミツルにぶつけた。

「リエは僕をいきなり振ったんだぞ。それだけじゃない、ずっと別の男と二股をかけていたんだ。そしてその男と結婚するから僕に別れろって言って来たんだ。どんなに理由を聞いても、どんなに食い下がってもリエは何も説明してくれなかったんだ。リエに少しでも誠意があるんだったら、何か言ってくれたっていいはずじゃないか。あんなに僕はプレゼントをしたのに。あんなに僕はリエのために色々したのに。あんなに僕は誠実でいたのに。あんなに僕は、僕は……」

だから僕がリエを刺し殺してしまっても、仕方ないじゃないか。

僕は必死で自分を弁護する。

怖い。

僕は本当は、恐ろしい間違いを犯してしまったのだろうか。嫌な予感がする。

ギャンブルの最後のカードがクラブだったら破滅するような状況で、指をかけて少しだけめくった札の端から、黒い色が見えたような気分。

「リエさんが、リョウさんを振った……？」

ミツルが僕を怪訝そうな顔で見上げる。

「そうだよ。リエが僕を振ったんだ」

僕が振るわけがないじゃないか。僕は、僕は。僕は、好きだったんだ……。

「リョウさん。そんなこと、絶対ありえないよ。リエさんが結婚するなんて話も僕は初耳だもの。そもそも結婚ってできるの？　リエさんの年齢で……。いや、十六歳以上なら一応できるんだっけ？」

「まさか嘘？」

ミツルは額に手を当てて考えこむ。

「嘘かもしれないし、ひょっとしたら何か隠していたのかもしれない。確かにね、僕に殺してくれって頼んだ時のリエさんは少し変だった。何かを押し殺したような表情をしていて……。僕はリエさんが何もかも話してくれていたと思っていたけれど、まだ何か言えなかったことがあったのかもしれない」

言えなかったこと。

リエが僕を好きなのに、振った理由。

それは死を望むに至ったことにも関係しているのか。まさかリエは僕に殺されたかったた？　そんなバカな？

何だか、わからない……。

頭が混乱する。

「……ごめんねリョウさん。一方的に責めちゃって」

「え？　い、いや」

急に頭を下げたミツルに、僕はとまどう。

「リエさんが毒入りコーヒーを飲んだ日、もう少し僕にできることがあったのかもしれない。もっとリエさんが言いづらかったことを聞きだして、助けることだってできたのかもしれない。僕がリエさんを救えた可能性が、あったんだ。なのに……リョウさんだけを責めてしまってごめんなさい。僕も同罪だね。毒を使って僕はこの部屋に来た。僕もやっぱり、人殺しだ。僕にリョウさんを責める資格なんかないんだ……。僕にはわからないけど、リョウさんにもきっと何か救えなかった事情があるんだね」

本当にミツルは頭のいい子らしい。子供らしくない。いや、子供だからこそこんな風に柔軟に考えることができるんだろうか。素直に反省して謝るミツルを前にして、僕は何だか自分のことが恥ずかしく思えてきた。

「そろそろ、休憩時間が終わる」

ミツルがつぶやくように言う。

「リョウさん。ひょっとしたら残りの人たちの自白で、『リエさんが言えなかったこと』が明らかになるかもしれない。まだ自白していないのは、ヨリコさんと、カナミさんと、ワギさん、そして……リョウさん。これからどうなるのかはわからないけど、僕はずっとリエさんの味方であり続ける。リエさんが死んだ後も、僕はリエさんのために戦う。リエさんを貶《おとし》めるような自白をする奴に対しては、真っ向から反論する。ねえリョウさん、リョウさんもそうだよね？」

リョウさんもリエさんの味方だよね？

ミツルの質問は、すごく答えづらかった。

——僕はずっとリエさんの味方であり続ける——

そんな台詞を何の躊躇もなく言うことができるミツルが、とても眩《まぶ》しく感じた。ミツルと比較する形で、己のどす黒さを思う。

僕は揺れている。そりゃあ、僕はリエのことが好きだった。大切に思っていた、だから川西のような自分勝手な理屈に対しては反論する。だけどそれは、いわば昔の恋人への「情」のようなものなんじゃないか。過去の愛情の余熱が残っているだけ。真の愛情は、裏切られた瞬間に消えてしまったんだ。仮に今リエが生き返り、もう一度二人でやり直せるとしても……僕はもうリエと付き合えない。

そして、リエのことを憎んでいるのも事実なんだ。

僕は許せない。リエのことを許す気にはなれない。どうもリエには複雑な事情があったらしいことはわかってきたが、それでも……裏切ったのは事実だ。そのことを思うと胸の奥で暗い炎が揺らめくのを感じるんだ。

そういう意味では、僕はリエのことを好きではないんだ。「リエのことを好きでいた自分」が好きなだけなんだ。だからその自分が否定されたら反撃する。それはリエそのものを大切にしているのとは全く違うことだ。本当にリエが好きなんだったら、リエがすることの全てを肯定できるはずじゃないか。僕はそうじゃない。あくまで僕という枠組みの中でだけ、僕のリエへの愛は存在していた……。

僕はリエの味方じゃない。僕は僕の味方でしかない。

なんて自分勝手な愛情だろう？

「リョウさん……？」

「うん」

僕は一息置いて、ミツルに言う。

「僕もそうだよ。リエの味方をする。僕はリエが、好きだから」

僕の心の中では、様々な感情が渦を巻いていた。だから僕はとりあえずそう答えた。そう答えておくことしかできなかった。誤魔化しの言葉。

ミツルはにっこりと笑う。

「そうだよね。リエさんを救う鍵は、昔も今もきっとリョウさんだと思う。リョウさん……よろしくね」

僕はミツルの目をまっすぐ見ることができなかった。

休憩時間終了です
ミーティングルームに集まってください
休憩時間終了です
ミーティングルームに集まってください

アナウンスが流れ、会議室に人が戻ってくる。青ざめた顔のカナミもその中に含まれていた。

〈榊カズヤの動向〉

「~~遺書書~~遺書」

カズヤへ　姉さんより

まず謝るね。

いきなり死んでごめんなさい。

この手紙は、姉さんが死ぬことを決意した今、書いています。でもね、本当に死ぬのはもうちょっと先になるはず。やることがまだいくつかあるんだ。でもね、~~この手紙がやくころには~~この手紙をあなたが読む時には、私はもう~~死んでいる~~この世にいないはずです。

小さい頃から迷惑ばかりかけてきたよね。（私たちの）お母さんはいなくなってしまったし、新しいお母さんは~~遊んでばかりで~~何もしてくれなかった。いつも姉さんの作る~~ご飯~~食事でごめんね。授業参観にも、お母さんたちの中に混じって姉さんが行っちゃってごめんね。あのせいで~~いじめられた~~からかわれたんだってね。~~そんなつもりはなかったんだよ~~。姉さんは、そんなつもりはなかったんだ。お友達~~のタカヤ君~~から聞いたよ。カズヤはからかわれても、「うちの姉さんをバカにすんな」って~~書って~~戦ってくれたんだってね。私、~~ちょっと~~嬉しかったんだよ。

本当のお母さんみたいにうまくできなくてごめんね。本当にごめん。学校でほら、あのカードみたいなのが流行《はや》っていた時にもお小遣いを出してあげられなくてごめんね。いや、こんなことはどうでもいいか。他にも色々迷惑をかけたような気がするんだけど、いざとなると姉さん、ちょっと思いつかないや。

姉さんは、カズヤのことが一番大切。

姉さん、自分も大切だけど、自分の人生はちょっとうまくいかないんだよ（笑）。

カズヤにはあまり言わなかったけど、ちょっと友達や先輩と喧嘩しちゃったりしてね。たぶん私が悪いんだけどさ。他にも恋愛でも揉めたし、新しいお母さんともちょっとうまくいってない。姉さんはちょっともう、諦めることにした。姉さんはうまくできない人間なんだって、諦めた。

でもね、カズヤはそうじゃない。カズヤはうまくできる人間だし、幸せになってほしい。だから姉さんは自分の不始末を全部体にくくりつけて、この世界から退場することにしたよ。別の世界へ出発するんだ。それからね、ひょっとしたらカズヤの今後に悪影響を与えかねないものが見えるから、それも一緒に持って行く。

カズヤは何も心配しないで。全部姉さんが守ってあげるから。カズヤは姉さんのぶんも、幸せにならなきゃだめだよ。

姉さんの預金通帳、机の中に入れてあります。自分に投資すると思って、自分の将来のために有効活用するんだよ。全部カズヤのものだから、好きに使うようにね。わかっているとは思うけれど、母さんにお金を渡しちゃダメだよ。遊びに使われるだけだから。

姉さんはね、きっと毒を飲んで死ぬと思う。お友達がね、私に毒を飲ませて殺してくれるって約束してくれたんだよ。鉄塔の所で会ったお友達なんだ。それからね、私はカズヤを凄く驚かせるような状況で死んでしまうかもしれない。でもね、それは姉さんの予定通りなの。そうやって死ぬことが私にとってはいいことなんだよ。うまく説明できないな。つまり最初からそう考えていたことなんだよ。だからカズヤは何の心配もすることはないから。カズヤは、姉さんが悲しい思いをして死んだとか、考えなくていい。姉さんは死にたくて死ぬの。だから何というのか、その。姉さんは幸せなんだよ。姉さんは幸せだった、そう考えてカズヤも幸せになってね、あと

　遺書って、難しいね。

　最後だと思うと何を書いたらいいのかわからないし、言っておかなくちゃいけないと思うことはうまく説明できないよ。

　伝えたいことはたくさんあるような気がするんだ。だけどたっぷり時間があったら伝えきれるのかっていうと、そうでもないと思う。何となくだけど、この「伝えたいこと」は……言葉には決してできないような気がするよ。

　カズヤと一緒にご飯を食べたり、お皿を洗ったり、テレビ見て笑ったり、くだらないことで喧嘩したり、お誕生日プレゼントを考えたり、昼寝している顔にこっそり落書きしたり……そんなたくさんの出来事の中に、伝えたいことはあったんだと思う。そんなたくさんの出来事に共通する何かの空気というか……雰囲気が、私の大切なものだったんだ。

うん。
そんな色々なものをありがとう。カズヤ。
そんな感じ。
~~姉さん、最後まで緊張感なくてごめんね。~~
じゃ、ばいばい。

オレはその便箋《びんせん》を読み終えても、しばらくは文面から目を離すことができなかった。

姉さんが死ぬ決意をしていたなんて。とても信じられない。しかしまぎれもない事実だ。どうしてオレは何も気づけなかったのか。肉親の遺書を見つけた時、人がこんなにもショックを受けるということをオレは初めて知った。

どうしてオレに相談してくれなかったんだ。どうして……。

姉さんの鞄の奥からこの便箋を見つけてから、オレはずっと自分を責めていた。

オレは涙を拭きとる。

自分の無力さにへこんでいる場合じゃない。考えろ。今できることがないか考えろ。そもそもこの遺書は少し変だ。取り消し線だらけ。それに封筒に入っていたわけでもなく便箋がそのまま無造作に鞄の中に入っていた。まるで、下書きじゃないか。

この遺書は完成形じゃない。

自殺の計画を練っていた姉さんが、その途中で書いたものじゃないか？　そしていつか清書するつもりで鞄の中に入れっぱなしにしていたんだ。きっとそうだ。だから……まだ姉さんは自殺していない可能性はある。今すぐ止めれば、間に合うかもしれない。

姉さん。今どこにいる？　すぐに駆け付けたい。そして話をしたい。オレはもう一度便箋を読みなおす。何かこの中にヒントがないか？

取り消し線が多い。姉さんらしいな。「ちょっと」という言葉に、よく取り消し線が引かれているのが特徴的だ。「ちょっと」は姉さんがテンパった時によく使う口癖だった。書いた後に読み直し、「ちょっと」が使われすぎていることに気がついて、恥ずかしくなって消したんだろう。他にも言い回しがおかしい所だとか、余計なひと言のような部分に取り消し線が引かれている。そのあたりは関係ない。重要なのは、これだ。取り消し線が何行にもわたって引かれている部分。


姉さんはね、きっと毒を飲んで死ぬと思う。お友達がね、私に毒を飲ませて殺してくれるって約束してくれたんだよ。鉄塔の所で会ったお友達なんだ。それからね、私はカズヤを凄く驚かせるような状況で死んでしまうかもしれない。でもね、それは姉さんの予定通りなの。そうやって死ぬことが私にとってはいいことなんだよ。うまく説明できないな。つまり最初からそう考えていたことなんだよ。だからカズヤは何の心配もすることはないから。カズヤは、姉さんが悲しい思いをして死んだとか、考えなくていい。姉さんは死にたくて死ぬの。だから何というか、その。姉さんは幸せなんだよ。姉さんは幸せだった、

そう考えてカズヤも幸せになってね、あと

最後が中途半端で終わっている。何か色々と説明しようとしたけれどうまく書けなくて、断念したような感じだ。オレは重要そうな言葉を拾っていく。「毒を飲んで死ぬ」「鉄塔の所で会ったお友達」「予定通り」「最初からそう考えていたこと」。

毒……何の毒？　鉄塔の所で会ったお友達。そんな人のことは知らない。

予定通り。

予定通り。

予定通り？

最初からそう考えていたこと。そう考えていた……。

「ねえカズヤ。パソコンで調べるの、教えて」

姉さんはパソコンを使うのが苦手だ。操作自体はできる。しかし、知りたい情報を探すことができない。「乗換案内」のサイトで時刻表を表示させることはできても、その「乗換案内」のサイトに辿り着くことができない。検索エンジンの画面でそれっぽい単語を入力するだけだと何度も教えているのに……。だからオレは姉さんに言われて、よく調べ物をした。してあげた。その時もそうだった。

「あのねカズヤ。このペンションに行きたいんだけど、行き方ってわかる？」

「検索してみればいいでしょ。アクセス方法とかホームページにきっと載ってるよ」

「どうやってそういうの、検索するのかわからないよ……」

「だから、そのペンション名を検索エンジンの検索窓に入れて、上の方に出てくる公式サイトっぽいのを探して……」

「わかんない。やって」

「簡単なのに。しょうがないなあ」

　オレが腰を上げると、姉さんは安心したようにパソコンから離れる。そして画面に向かうオレを見つめていた。

「……電車でこの駅まで行ったら、あとは車だね。タクシーを使えばいいんじゃないかな」

「わかった。ありがとう」

「このサイトで切符とかも買えるけど、どうする?」

「大丈夫。知り合いと一緒に行く予定だから、一緒に買ってくる」

　予定。姉さんはそれを予定していた。


　それが、数日前のことだった。

　……あのペンションの名前は?

　オレは急いでパソコンを起動させる。何とかペンション。ありがちな名前だったな。グリーンペンションだったか、スイートペンションだったか……。カタカナだった。オレはインターネットの検索履歴を表示させる。あった。まだ履歴に残っていた。

「春日岳《かすがたけ》ホワイトペンション」

これだ。

オレはペンションの情報を表示させる。予約状況。昨日からは貸切状態だ。何人くらい入れるペンションなんだろう。館内図だ。館内図を見よう。

結構、広いぞ。小さなホテルくらいのサイズだ。一階にはリビングルームが和室と洋室それぞれ一室ずつ、さらに食堂、キッチン、テラス、書斎。二階には小型の演台とマイク完備のミーティングルーム。収容人数八人。さらに休憩所が喫煙可と不可の二つ。加えて八つの個室。不思議な造りになっている。会社の役員を集めての合宿会議などを想定しているのだろうか。

まてよ、収容人数が八人？　個室が八つ？

オレはさっき見つけたメモをもう一度にらむ。

・参加者

川西伸介　カワニシシンスケ
坂倉圭子　サカクラケーコ

吉田満　ヨシダミツル
榊依子　サカキヨリコ
桜井和義　サクライワギ
藤宮亮　フジミヤリョウ
佐久間香奈美　サクマカナミ

みんなリエのこと嫌い

以上

全部で「参加者」は七人。このペンションに十分収容できる人数だ。この「参加者」がどういう意味の参加者なのかはよくわからないが、仮に姉さんを加えたとしても八人で、ペンションの収容人数を上回ることはない。

姉さんも含めて、彼らは何かの理由でこのペンションに集まっているのではないか？　ことごとく連絡がつかないのも、このペンションが圏外にあるから、ということかもしれない。

春日岳ホワイトペンション。そのシンプルな館内マップが急にひどく禍々《まがまが》しいものに思えてきた。姉さんはここで「毒を飲んで死ぬ」のか？　この参加者たちは何のために「参加」している？　まさかこの参加者たちが、全員で共謀して姉さんを毒殺するんじゃないだろうな。そのために遺書も無理やり書かせたとか……。

　想像が悪い方向に膨らんでいく。

　背中に嫌な汗が流れる。

　ここでぐずぐずしている時間はない。行かなければ。このペンションに一刻も早く行かなければ。

　オレは財布の中身を確認する。新幹線に乗って、駅からはタクシーを使い……行ける。さしあたり、何とかなりそうなだけの金が入っていた。

　オレは家を飛び出した。急がなければ。

　急げば間に合う。きっと間に合う。姉さん。まだ死んでいるとは限らない。……限らないよな？　頼む。間に合ってくれ。まだ生きていてくれ。

　不吉な予感に必死に耐えながら、オレは駅に向かう。途中に自動販売機を見つけ、そこで缶コーヒーを買った。その銘柄は少し珍しいもので、姉さんはそれが好きだった。ついたらとりあえずこれを渡すことにしよう。オレはコーヒーを渡した瞬間の姉さんの笑顔を想像する。生きている姉さんをリアルにイメージすることで、姉さんが死んでいるという予感を追い払った。追い払わなくては、予感が現実になってしまう気がした。

　もう死んでいるだなんて、あるわけがない。そうだよな？

　オレの心臓がどくんどくんと脈を打つ音が聞こえる。その音は全身の血管を波打たせ、振動の余波が無数の細胞を通じて皮膚まで伝わってくる。嫌な感じだ。怖い。

もう午後二時だ。行って帰ったら日が暮れる。明日の学校、欠席か……少なくとも遅刻は確定だな。珍しくきちんと予習を終えていたのに。

がん。オレは自分の頭を殴りつける。

どうしてこんな時に、明日の学校のことなんて頭に浮かぶんだよ。それどころじゃないだろ。もっと他に考えるべきことがあるはずだろ。いや、わかってる。それはわかっているんだけれど。……新幹線の切符ってどう買えばいいんだっけ。いや、それは駅員さんに聞けばいいだけのことだろ。今はそれよりももっと大事なことがある。そうだよ、姉さんが……オレの姉さんが！

ダメだ。オレは混乱している。

とにかく動いていなければ心がバラバラになってしまいそうで、オレは駅に向かって必死で足を動かした。

姉さん。

姉さん。

……姉さん。

〈第四回ミーティング〉

「だんだんよお、マジで複雑な話になってきたな。なあ、これマジだよな？　マジなんだよな？」

ワギがやたらとマジマジと連呼する。へらへらと笑うその姿に、会社役員の威厳はいまいち感じられない。

「素直に面白いわ。それぞれの自白を聞いていると、オレの知らないあいつの一面が徐々に明らかになっていくようで不思議な感じがするよ」

それは僕も同感だった。

僕はリエのことを、僕という視点からしか見ていなかった。一方向からしか光の当たっていない彫刻。そこに多数の視点が与えられ、その彫刻の全体像がわかってくる。見えていない部分のいかに多いことか。僕の知らなかったリエが明らかになっていく。

さらに言えば、新しく見えてきたリエの一面が僕に影響を与えていく。僕が知らなかったリエの発言が、リエが誰か他人にした発言が……僕の心を変えるのだ。頑《かたく》なにリエを憎んでいた僕の心が、ぐらぐらと揺れるのを感じる。そうして僕の知らなかった僕が明らかになっていく。これがいいことなのか、悪いことなのかはわからない。他のみんなもそうなんだろう。未知の事実に対するちょっとした好奇心と、漠然とした不安が会議室には漂っていた。

「さあてと。次は、四人目か。いよいよ後半戦だな。次は誰が話したい？　なんだかんだで結構時間もたってるしな、そろそろサクサク行こうぜ。まっ、オレが話してもいいんだけど……」

　ワギが言い終わるか終わらないかのうちに、すっと二本の手が挙げられた。

「おっ。いいね。積極的な女性ってさ」

手を挙げたのはカナミとヨリコだった。

二人とも真剣な目をしている。お互いに手を挙げていることにはすぐ気付いたようだが、どちらも手を下げる気配はない。

「どっちからにする？　じゃんけんで決めるか？」

　ワギがにやにやと言う。

「……じゃんけん、しましょうか」

　カナミがヨリコを見つめて言う。少し意外な気がする。カナミは確かに快活で積極的な女の子だが、同時に礼儀正しい。特に初対面の人に対しては遠慮をする方だ。それがヨリコを前にして、発表の順番を譲る気がないとは。大体一つ前の休憩時間にカナミは言っていたのだ。「なるべく自白を後回しにしたほうがいいと思うわ。もっと情報を集めてから、戦略を練り、タイミングを見て自白したほうがいい」……と。

　そんなカナミが今は早く自白したがっている。さっきの休憩時間、青ざめた表情でカナミは何かを思いつめていたんだ。

ヨリコも譲るつもりはないようだった。

「いいわよ。じゃんけんなんて、久しぶりだけど」

二人は立ち上がり、まるで小学生のように拳《こぶし》を振り上げる。

「じゃあ、じゃんけーん……」

「ほい」

カナミはチョキ。ヨリコがグー。

「私が先ね」

「……はい」

演台に向かうヨリコを眺めながら、カナミは悔しそうに席に座った。

「オバサンが先か。まあ、ずっと若い子の話ばかりだったしね。せいぜい面白いトーク、頼むよ」

茶化すワギ。

それを無視して、ヨリコはゆっくりと話し始めた。

・榊ヨリコの自白

私は榊ヨリコ。

榊リエの母です。ただ、私はリエを産んだ母ではありません。

そう……私は子供を産んだことがないのです。なのに母なのです。

私は確かにリエを殺しました。

一般に道徳的とは言えないことです。

だけど、それには理由があるのです。私の悲惨な運命を聞いていただけたら、理解してもらえると思います。

いきなりこんなことを話すのもあれですが、私はとても幸せな家庭で育ちました。父は家庭を大事にする人で、母はいつも優しく笑っている人でした。私と三人の兄弟たちはみんな仲良しでした。大きくなったら、私も素敵なパートナーを見つけてたくさん子供を産んで、こんな家庭を作り上げたいと思ったものです。

私は最初から結婚を意識していましたから、学生時代にはあまり恋愛をしませんでした。遊びのような恋愛は嫌だったからです。というより、必要を感じませんでした。なので私は勉強にいそしみ、結果それなりの大学に入学し、さらには一流企業への就職がかないました。

後はここで素敵なパートナーを見つけて、妻になるだけ。何もかも順調な気がしました。思えばその時が私の人生で一番輝いていた時期だったのかもしれません。

新卒として配属されて、すぐに素敵な男性と知り合うことができました。彼の名前はジンヤ。チームのリーダーで、とても仕事ができる人でした。社内でも尊敬されていて、お客さんへのフォローも見事。さらには自分の仕事が忙しい中で、まだ仕事に慣れない私を優しく指導してくれたのです。

私はすぐに恋に落ちました。彼を見るだけでどきどきしてしまう毎日でした。恋ってこういうことなんだ。みんなが夢中になったり、真剣に悩んだり、泣いたり笑ったりしていたことはこういうことだったんだ……。自分の心がもうコントロールできませんでした。心が浮かれたり、落ち込んだり、風船のようにふらふらと空を泳ぎ回っているような気がしました。彼にはすでに妻子があることを聞かされても、どうにもできない私がいました。

やがて彼は私を飲みに誘ってくれました。

私の悩みを聞いてくれたのですが、そこで酔っ払った私は勢いで告白をしてしまいました。大好きな思い。妻子ある人だと知っても、諦められない悔しさ。できたら私と一緒になって欲しいということ。差し出がましい話ですが、今の奥さんとは別れて私と結婚して欲しいということ。全てをぶちまけてしまいました。彼はびっくりしていたようですが、優しく私の肩に手を回して言ってくれたのです。

「俺もヨリコのこと、気になってたんだ。好きだよ」

その時の嬉しさを何と表現したらいいのかわかりません。私は半分夢心地で彼の腕に抱かれていました。その日はそのままホテルに行き、彼と結ばれました。翌日会社のデスクで出会った時は何だか恥ずかしいやら照れくさいやら、秘密を共有した特別感も相まって凄くくすぐったい気持ちだったのを覚えています。

彼とは何度もデートをしました。彼には家庭があることもあり、デートは決まって会社が終わった後になります。私が家庭を作りたいと考えていることを聞くと、彼は今の妻と別れることを約束してくれました。少し準備があるので待ってくれと言われ、私はその言葉が現実になる日を楽しみにしていました。

ある友達は、そんな男信用ならないよとアドバイスをしてくれましたが、その時の私は聞き入れませんでした。彼はとても誠実な人でしたし、私のことを本当に愛してくれていたからです。いえ、少なくとも……その時はそう思ったんです。

翌年、新人が入ってきました。彼がその新人と関係を持っているという噂を聞いたのはまもなくでした。不安になって彼を問い詰めたり、色々な人に話を聞いたりするうちに、女の子と見れば片っ端から手を出すという彼の実態がわかってきました。いつかアドバイスを私にくれた子すら、一度遊んだことがあったと言うのです。泣き叫んで問い詰める私に、彼は言いました。

「本当にすまない。俺は病気なんだと思う」

「病気って。信じられないわ。もう、何も信じられない」

「俺、昔はこんなんじゃなかったんだ。学生の頃なんか女の子の手も握れない恥ずかしがり屋だったんだよ。会社に入ってから、いつのころからか……少し病的なくらい、軽くなってしまった気がする」

「私のことも遊びだったの？」

「ヨリコのことは本当に好きなんだ。本気だよ」

「だったら、こんなこともうやめてよ！」

「やめられないんだ」

「どうして！」

「……家庭のせいかもしれない」

「えっ？」

「結婚してから、こうなった気がする。俺の妻は、子供を盾にして俺を束縛ばかりするんだ。そのせいで俺は外では歯止めが利かなくなってしまっている。なんだかちぐはぐな感覚でさ……辛いんだ。その辛さが、こうして表れてしまうんだと思う」

彼の家庭があまりうまくいっていないことは何となく私にもわかりました。悲しそうな顔をする彼を抱きしめながら、私は言いました。

「そんな奥さん、別れてしまった方がいいんじゃないの。私と一緒になりましょうよ。私と一緒に新しい家庭を作りましょうよ。私、あなたと相性ばっちりだと思うの。きっと私とならそんな窮屈な気分にはならないし、辛い思いもしなくて大丈夫よ」

この人となら理想の家庭が作れる。私はそう確信していました。

「そうだね……」

「そうよ。早い方がいいわ。ねえ、別れてしまいなさいよ」

「……」

彼もまんざらではなさそうだったのですが、なかなか別れてくれる気配はありませんでした。いつ聞いても、「色々問題がある」「準備しているところ」と答えるばかりで何の進展もないのです。しかしその間にも他の女の子とのデートは続けているようでした。次第に、私から送ったメールの返事も遅れ気味になっていました。一度など私からの誘いを断り、別の女の子とデートしていたこともあったのです。

私の焦りはつのりました。

彼は私と一緒になりたいはずです。そして私も彼と一緒に家庭を築きたい。ここまでは間違いのない事実です。これがお互いにとって一番良い形のはずです。なのに彼はだらだらと今の奥さんと一緒にいることを続け、それが原因でストレスをため、外で遊んでしまうという悪循環に陥っています。このままでは彼にとっても私にとっても良くありません。

どうして彼は今の奥さんと一緒に居続けるのか？　私は彼を尾行して家をつきとめ、休日の彼を観察しました。奥さんとにこにこと笑いあう彼がいました。小さな子供を抱っこしてはしゃぐ彼がいました。会社では見た事もないような笑顔。その幸せそうな家族の姿を見て、私は思わず涙しました。

……なんて彼は可哀想なのでしょう。

嫌いな妻と子供がいる家庭で、あんなにも幸せそうに演技することがどれだけ大変なことか。妻への不満などおくびにも出していない彼。そして、その彼の忍耐によってあの家庭が成り立っている。ぱっと見たところは素敵な家庭に見えるけれど、その現実は歪みきっています。これから先も演技を続けて行かなくてはならない彼。現実を知らずに無責任に幸せに浸り、彼を蝕《むしば》んでいる妻と子供たち。それを思うと私はやりきれない思いになりました。それと同時に、私は決意したのです。

こうなったら、私が動くしかないと。

彼はあの状況から抜け出ることができないのです。ならば、私が多少手荒なことをしてでも彼を救い出すしかありません。少し混乱が起きるかもしれません。しかしそれはさざ波のようなもの、いつかは消えていくでしょう。彼はわかってくれるはず。これは彼のためなんですから。彼と私の愛のためなんですから。無事に彼を救いだしたら、私と彼の家庭を築けばよいのです。演技で成り立っている家庭なんかよりもずっと幸せな家庭を私は作り上げる自信があります。そうです。

私と彼は、幸せになるのです。

私は作戦を立てました。といっても単純なものです。

彼と私がホテルで仲良くしている写真を用意し、彼の奥さんに送ったのです。また、彼が手を出している他の女の子についても集められるだけの情報を集め、あわせて伝えました。

予想通り、奥さんは激怒しました。きっと離婚になるでしょう。彼は意気消沈しているようでしたが、ここを乗り越えれば幸せになれるのです。私は何の心配もしていませんでした。

数日後、私は彼に呼び出されました。

「……お前、うちの妻に何かしただろ？」

私は全てを伝えました。これで私たちの家庭を築けるわね、と最後に添えて。喜んでくれると思っていたのですが、彼の表情は暗いままでした。

「お前のせいでうちはめちゃくちゃだ」

「どうしてそんな不機嫌な顔するの？　新しい家庭を作るためには古い家庭を一度壊さなくちゃいけない。それは仕方がないことじゃない。そりゃ、できれば穏便にすます形が私としてもよかったけれど、あのままじゃあなたがずっと辛いままだったでしょ。だから私がめちゃくちゃにしたのよ」

彼は不快そうに目をそらします。

「妻は、出て行った」

「良かったじゃない」

「良くないさ。妻は二人の子供を置いたまま出て行った。俺には世話のしようがない。それだけじゃない。妻の父は、会社の役員だ。俺はクビになる。貯金は慰謝料で取られる。明日からどう生活していったらいいのか、わからない」

「私がお手伝いするわ」

「お前が……？」

「私がおうちのお世話するわ。私に貯金もあるから、生活はそれで大丈夫よ」

二人の家庭をこれから作っていきましょう。私は彼に微笑みかけました。

彼は私を睨みつけました。

「じゃあお前全部責任とれよ！　うちの子供たちの世話もしろよ。俺は知らないからな！」

初めての彼の怒声でした。私を甘く口説いていた時にも、ベッドでおしゃべりした時にも聞いたことのない、恐ろしい声。何を怒っているのか私にはわかりませんでした。ただ、機械の中で歯車がずれていっているような、嫌な感触だけが私の中にありました。

きっと環境が急激に変化したから、それに彼が戸惑っているだけ。そうだわ。男は変化には弱いものよ。しばらくすれば落ちついてくれるはず。優しい彼に戻ってくれるはず。そう信じて私は彼と一緒に暮らし始めました。

しかし、彼の子供の世話をすることになったのは完全に想定外でした。妻を追い出せば彼と二人きりになれると信じ切っていた私が愚かだったのでしょうか。

「新しいお母さんだよ」と彼に紹介され、生活を始めてみたはいいものの……リエとカズヤ、二人の小さい子供の世話は私を疲弊させました。最初のうちこそ彼の評価を稼ぐために一生懸命頑張りましたが、次第にやりきれない思いが心に満ちてきました。

私は彼との子供が欲しいんです。彼との家庭が欲しいんです。前の奥さんの子供なんか育てたくない。彼を苦しめ、私の邪魔をし続けていた女。憎むべき女。子供たちにその顔の面影を見出すたび、私の心を悲しみが突き抜けました。

彼と家庭を作りたい。彼と私とその子供で笑顔のあふれるおうちを作りたい。ずっとそれが私の望みでしたし、そのために行動してきました。しかしなぜかそれが遠ざかりはじめました。

まず、彼は私を抱いてくれなくなりました。それどころか何か吹っ切れたかのように女遊びをするようになり、ろくに仕事もせず家にも帰って来なくなってしまいました。

さらに私も会社にいづらくなってしまい、仕事を辞めざるを得なくなりました。仕方なく私はバーの店員として働きはじめました。昼はあの糞女の子供たちの世話をしながら彼をひたすら待つ。夜はバーでへとへとになるまで働く。やがて貯金は使い果たし、元の家にはいられなくなり古いアパートへと移りました。

私はわけがわからなくなりました。

私が夢見ていた生活。私がご飯を作っていると、夫が帰ってくる。夫とその子供たちと夕食を食べ、夜は少し夫とお酒を飲む。時には家族で遊園地に行ったり、旅行に出かけたり。家族のお誕生日にはケーキを買って、ろうそくを年の数だけ並べる。そういう生活のために頑張ってきたはずなのに。そのために、その時その時で最善だと思われることをしてきたはずなのに……。理想を目指して積み上げてきた結果が、これ？

どうして今、私は夜のバーでお客さんの相手をして疲れ果てているのか。汚い家に帰っても彼はおらず、反抗的な目をした知らない女の子供が私を睨む。どうしてこうなっているのか？　わからない、わからない、わからない。

その頃はわけもわからず涙があふれてきてしまったり、寝ている間に体をかきむしって傷だらけになっていたりしました。私自身が少し、壊れていたのだと思います。

私は救いを求めていました。出口の見つからない暗黒世界でもがいている私。世界を照らす光を求めていました。


「それは、旦那さんが悪いね」

そう言ってくれたのは、バーのお客さんでした。

「旦那さんは、あなたのことを本当に愛してはいなかったんだよ」

その言葉は私が今まで信じてきたものを打ち砕くものでしたが、同時に目の前が明るく照らされる気がしました。

「その旦那さんや、子供さんたちにあなたが縛られている必要はない。あなたはあなたの人生を大切に生きなきゃ。一度綺麗に清算して、新しい人生を歩きだすのが良いと思うよ」

医師だと言うそのお客さんの言葉からは、本当に私を思いやってくれていることが伝わってきました。愛情。本音でのアドバイス。この数年、ずっと私が飢えていたものをその人は与えてくれたのです。

その瞬間、私はそれまで縛られていた幻想から解放されました。もうあの彼と一緒にいるのはやめよう。あの彼の子供たちの世話に忙殺されることもやめよう。私は新しい人生を生きよう。私の心をがんじがらめにしていた鎖が取り外され、初めて心が自由になった気がしました。

そう。

「俺でできることなら、手伝うよ」

優しく微笑むお客さん。

この人だ。

きっとこの人と私は家庭を築くべきだったんだ。

闇から私を救いあげる救世主。天使。王子様。まぶしいひかり。

その日のうちに私とそのお客さんは、愛を確かめ合いました。本当に幸せな瞬間でした。目の前がバラ色の光で包まれるようでした。

そうです。思えば、ジンヤと付き合って失敗したのはこのお客さんと出会うためだったのかもしれない。あれだけ辛い思いをして、必死でバーで働き続けていたからこそ、このお客さんが私に話しかけてくれた。この日のために私は耐え続けてきた。あの努力は無駄ではなかったのです！

今度こそ、この人と幸せになる。

その人は、吉田サトシという名前でした。

私はサトシと過ごす時間が増えました。今度こそ大丈夫だという確信がありました。やがてサトシも妻子持ちであることがわかりましたが、サトシは離婚をして、私と結婚することに前向きでいてくれました。実際に現在の奥さんとも相談をしていて、子供は奥さんの方で引き取る方向で話が進んでいるようでした。サトシの離婚が成立すれば、私はサトシと結婚できます。

二人で幸せな生活を作り出すことができるのです。

もう、リエとカズヤの面倒も見なくていい。私らしく、私のために、私は生きることができるようになるのです。長いトンネルを歩き続けて、すぐそこにお花畑が見えるような気分でした。神様は私のことを見捨てていなかった。嬉しくて嬉しくて、私は毎日神様に感謝していました。

そんな時でした。

あのリエが余計なことをしやがったのは。

家に帰ってやった時、あの小娘は私に言い放ったのです。

「お母さん、ちょっと話があるんだけど」

あいつにお母さんと呼ばれることすら不愉快なのです。しかし私はそこは耐え、優しく話を聞いてやることにしました。こいつと戯言を交わすのもあと数回程度。それくらい我慢してやろう。

「何？　改まって」

「お母さん、不倫しているでしょう？」

リエは小賢《こざか》しい目をして私を見据えていました。サトシとの関係はリエには隠していたこと。それを知っていたのには少し驚きましたが、そんなことで私より優位に立ったと考えているリエが凄く不快に感じました。

「何を言っているの？　突然」

「隠してもだめよ。私、お母さんのしていること知っているの」

「……」

「ちょっと理由があってね。お母さんの不倫相手の子供さんが凄く苦しんでいるのを聞いたのよ。もちろん証拠もあるわ。お母さんと不倫相手の電話の履歴。相手側の着信履歴、発信履歴にお母さんの番号が残ってる。全部深夜だし、お母さんが帰ってこなかった日。きっと二人でどこかに泊っていたんでしょう？」

「そんな、嗅《か》ぎまわるようなことをしていたの」

「別に知りたくなんかなかったわ。結果的にそうなっただけよ。ねえお母さん、私別にお母さんが何したって関係ないんだけど、他人を傷つけるようなことはやめて。その子、本当に苦しんでいるんだよ？　両親がいなくて、ずっと家で一人ぼっちなんだって。まだ小学生なのにだよ？　ひどいと思わない？」

「そんなこと……」

「その子をこれ以上苦しめるのは絶対許さないわ。お父さんを、ミツル君のところに返してあげて。そうしなかったら、私お母さんのやっていることを言いふらすから。お父さんにも伝えるし、近所の人にも言う。その関係が続かないように、何でもするわ」

私の目の裏側が赤く濁っていくような気がしました。

こいつ。この糞女。

さんざん私の恩を受けておきながら、ここで私に仇《あだ》として返すのか。そもそもこいつらがいたから私はずっとバーで働く羽目になったし、会社だって首になった。前の彼氏ともこいつらがいなかったらスムーズにうまくいっていたんだ。この上、まだ私の幸せを邪魔するのか。何が楽しくてそんなことをするんだ。ただ幸せになりたくて、健気に努力し続けている私のような善人にどうしてそんな真似をするのか。

悪魔め。

こいつ、人が苦しむのが嬉しいんだ。幸せになろうとする人を邪魔するのが楽しいんだ。

「だからお母さん、わかって。不倫はやめて。そうじゃないと私、本当にやるよ。やり方なんていくらでもあるんだからね。お母さんの不倫なんて絶対うまくいかないから」

リエは私を脅迫していました。

あの女にそっくりの、不快きわまりない顔で。

まだ高校生だと言うのに、私に命令するつもりなのです。どれだけ失礼なのでしょう。

私は怒りでどうにかなってしまいそうでした。そして、その怒りがどこか通り抜けて、急に心が冷たく静かに動きはじめるのを感じました。

サトシに迷惑をかけるわけにはいかない。

しかし、私はここで幸せを逃すわけにはいかない。

つまり？　殺す。こいつは殺すしかない。

二度とふざけたことができないよう、息の根をとめてやる。

「……わかったわ」

私は静かな表情をしていたと思います。そんな私を見てリエは笑いました。

「お母さん、わかってくれてありがとう。ちゃんとやめると言ったからにはやめてね。ミツル君の所にお父さんが帰って来たかどうかは、すぐにわかるんだからね」

サトシは医師です。

彼の知識をもってすれば、死体の処理も可能でしょう。今殺すのは危険すぎる。まずは彼にうまく説明して家に一度帰ってもらい、時間を稼ぐ。そして準備を整えて、この小娘をぶち殺すのです。それからサトシと一緒に死体を片付け、結婚の話をもう一度進めればいい。

私は幸せになるために、冷静に考えました。軽はずみな行動はしない。今こいつを殺すのは簡単だが、人目につくし、すぐに発覚する。それじゃダメだ。ちゃんと計画を立てて、見つからないように殺す方法を考えてからじゃないと。大丈夫。これは神様が与えた試練。幸せになるための試練。神は、乗り越えられない試練を与えはしない。よく考えてやれば、できる。


そして。

計画通り、私は昨日リエを殺したのです。

とても気持ちよかったですよ。すっきりしました。

私のやり方を説明しますと、リエをドライブに誘い、人通りの少ない道路で言うのです。「車の前に猫がいるみたいだから、どかしてあげて」と。そして道に降りたリエに向かってアクセルを踏む。簡単です。適した場所さえ見つけてしまえば、凄く簡単なことです。

悲鳴が走り、すぐに凄まじい衝撃が響きます。確実に仕留めるために私は何度も何度も道を往復し、念入りに踏み潰しました。この道をこの時間に通る車は皆無であることを知っていたので、遠慮なく何度も轢けました。確実に、慎重に、しっかりと。

どしん、どしんと走る音はまるで祝福のベルのよう。踏み潰すたびに揺れる車は幸せを運ぶ馬車。がたんごとんがたんごとん。ごきごきめりめりと何かが引きちぎれ、折れ、砕ける音が聞こえました。悪魔が滅び、私の幸せが近づいてくる。そう思うと笑ってしまうのを抑えることができませんでした。

何回かの往復が終わった後、リエは投げ捨てられた玩具のようになっていましたね。首や手足が変な方向に曲がり、お腹からは骨らしきものが飛び出ていました。これで安心です。

リエの死体はトランクにしまってあります。

今日この会議に来なければ、サトシの家に行って処分について相談するつもりでした。今日はサトシは休診日なので、私のために協力してくれるはずなのです。詳しい話はしていませんが、ひき逃げしてしまった、助けてくれと私が言えばきっと何とかしてくれるでしょう。

私は自分の幸せのためにリエという悪魔と勇敢に戦い、勝利したのです。

はい？

じゃんけんまでして、先に自白したかった理由ですか。

簡単なことです。私にはちゃんと言っておきたいことがあったからです。

……さっきそこの小学生が、事実を理解もせずに私がどうしようもない母親であるかのように話していましたね。そのせいでリエが悩んでいるなどと。冗談にも程があります。これについては、はっきり反論させていただきます。名誉毀損《きそん》もいいところです。リエの方に正当性があったなどという言い方は絶対に許せません。

私が家のことは何もせず外で遊び回っているだなんて、あんまりです。私はリエとカズヤのためにずっと働いてきたんですよ。そりゃあ最近ではあまりのストレスから家に帰ることが少なくなりましたし、他の男性と遊んだり、ホストクラブ等にお金を使うこともよくありました。しかしですね、あらゆる幸せを逃して苦痛に耐えている私にとってはそういうことが唯一の救いなんですよ。私が少しばかり救いを求めたからといって誰がそれを責められましょう？

それに今お話ししたとおり、私はただ幸せな家庭を求めて一途に頑張っていただけなんです。一切悪いことなどしていません。こんなに純粋で善良な私に神様は試練を与えすぎなんじゃないかとよく思っていました。そんな私にせっかく与えられたチャンス。それをリエは邪魔しようとしたんですよ？　それもひどく自分勝手な理屈で！　私から受けた恩を忘れて！

本当にありえません。

皆さんも私と同じ立場になったら、リエを殺していたでしょう。絶対にそうするはずです。殺すなんてものじゃ足りません。生まれてこなければよかったんですあんな女は。私は極悪非道の塊のようなあいつを、いるべきところに帰してあげたんですよ。地獄という場所にね。感謝してほしいくらいです。全人類に。

わかっていただけましたか？

私は人間らしく生きるためにリエを殺したんです。ですからこれから私は幸せになるべきですし、そのつもりです。今まで受けた不幸を取り返さなくちゃなりません。それでやっと、平等になるというものです。

そこの小学生も少しは反省してくださいね。きちんと事実を知ってから、議論はするものですよ。あなたみたいに片方の側面しか見ていないようでは、事実を見誤ります。まだ子供だから仕方ないかもしれませんけどね。大人の世界じゃそれは通用しませんよ。私も心が狭いわけではありませんから、さっきの話にいつまでも怒り続けたりはしません。わかってもらえればいいのです。

くれぐれもこれから幸せな家庭を作る私を邪魔しないでください。このミーティングを開催している方も、わかってくれますよね？　ここまで話をきちんとしましたので、みな

さん私の応援をしてくれるかと思います。
よろしくお願いします。
ご清聴ありがとうございました。
私、幸せになります。

ヨリコは話し終えて満足したように息をつくと、演台から離れて一礼した。そして姿勢よく歩いて席に向かうと、どすんと尻《しり》を椅子の上に乗せた。

室内に白けた空気が流れた。

ワギやカナミが呆れたような目でヨリコを見る。中でもミツルは怒りを込めて睨んでいた。ヨリコ。自分が正しいと確信しているその態度。様々な問題全てを他人のせいにして憚《はばか》らず、自分は善良で健気な人間だと主張している。

不倫を繰り返し、他人の家族を不幸に陥れ続け、人を殺してもなお……自分は幸せを望んで努力するシンデレラであると信じているのだ。

その夢見るような瞳。

ヨリコの中には殺人を犯した罪悪感など全くない。それどころか、それによって罪に問われるという可能性すらあまり考えていないようだった。じゃんけんをしてまで先に自白したがっていたのも、結局のところミツルの自白に反論したかっただけらしい。自分は正しいのだから、事情を理解してさえもらえれば、誰でもきっと味方になってくれると信じている。自分勝手な理屈なのに。

こんなミーティングに参加していながら、彼女の心には不安などないのだ。ただこれから始まる幸せな生活への期待で満ちているのだ。

こんな人間が実際にいることにも、そしてそれがリエの義母であることにも僕は恐怖を覚えた。ヨリコが何歳なのかは知らないが、立派な大人だ。街でヨリコとすれ違ったら、ごく普通の女性であると思うだろう。しかしその本性は狂気に近い。ということは……ひょっとしたら街ですれ違っている人間の中には、こういう思考回路を持った人間が無数に存在するのだろうか。きっかけさえあれば殺人すら犯しかねない危険な人間が、普通の人間の顔をして道を歩いているのだろうか。

怖い。なんて怖いんだ。

僕はそこまで想像して本当に怖くなった。

そうだ。よく考えてみれば……自分こそが、「普通の人間の顔をして道を歩いている殺人犯」だったのだ。僕だってリエを殺すまでは、ごく一般的で適度に善良な人間だと自分のことを認識していた。たまにキセルや信号無視くらいはするけれど、大きな犯罪などするはずもない。不平を言いながらもきちんとルールには従って生きていく。そんな普通の人間なのだ。そう思っていた。

なのに、殺した。

僕は殺した。

普通の人間だって、人殺しができてしまうという実例じゃないか。僕は。

今まで駅やスーパーや交差点や大通りですれ違ってきた、ごく普通の人間たち。彼らも「殺して」いるのだろうか。あの中から何人の殺人犯が生まれているのだろう？　電車で僕の隣に座った奴。券売機で僕の前に並んでいた奴。店員。あいつらはみんな「殺人犯予備群」なのかもしれない。心が震える。

僕はよくあんな街に平気で住んでいられたな。いつ殺されるかわからないじゃないか。昔は何とも思わなかったけれど今はわかる、あの街は危険だ。人殺しだらけの街だ。恐ろしい。

……殺人犯でも、他の殺人犯のことが怖いなんて。

新聞で殺人事件の記事を読んで、怖がっていた自分を思い出す。怖がっている時、人間は自分を棚上げする。本当は自分も同類だったとしても。自分が明日、殺人を犯している可能性を決して認めようとしない……。

僕は静かに苦笑した。

〈第四回ミーティング終了　休憩時間：十五分〉

休憩時間です
ミーティングを終了してください

休憩時間です
ミーティングを終了してください

四回目のミーティングも終わった。残りはカナミ、ワギ、そして僕の自白だけだ。半数が自白を終えたというのに、事件の真実は見えてこない。わかってきたことといえば、リエのことばかりだ。

リエが普段どんな人と会話し、どんなことを考えていたのか、僕はほとんど知らなかった。それが少しずつ明らかになってくる。それは興味深いことだったが……こんなことではミーティングの「目的」はいつまでも達成されない。

どうすればいいんだろう。考え込む僕の肩を、誰かが叩いた。

「ちょっと話さない？」

カナミだった。

休憩室で二人並んで腰かける。

自動販売機でコーラを買うカナミ。

「また飲むの？　何本目だよ」

「うるさいわね、好きなんだからいいでしょ」

プルタブを開き、中身をうまそうに口に注ぎ込む。

「……もう平気になったの？」

僕はカナミの様子をうかがう。

「何が？」

「いや、さっき具合悪そうだったからさ」

「あー……うん、まあね。ミツル君が話してたリエの発言を聞いてたら凄い不快な気分になっちゃったんだ」

カナミはもう一口コーラをなめた。


――カナミ先輩は私のことが嫌いなんだと思うの。でもカナミ先輩はそれを隠して、無理に私に優しく今まで通り接してくれている気がする。

私は今まで通りにしているだけなんだけどね。たぶん、カナミ先輩のタイムを抜いちゃったからだと思うわ。それも、カナミ先輩は毎日居残り練習までして努力しているのに、私は週に二回はバイトで部活を休んでいる。それでも、抜いちゃったの。だからそれ以来、カナミ先輩と話すと気まずくて。


「私のタイムをリエが抜いたから、私がリエのこと嫌いになった、だなんて……そういう考え方するからリエの奴が嫌いなのよ、私は。正直頭に来たわ。だからさっきも、早く自分の自白をしてしまいたかったの。そうじゃないんだってことをこの場できちんと説明したかった」

「そうなのか」

「うん……ごめんね」

カナミは頭を下げた。

「どうしたんだよ？」

「いや、自白は後回しにした方がいいって言っておきながら、私は感情でその取り決めを破っちゃった。ごめんね」

「いいよ、そんなの。好きなようにすればいいじゃないか」

「ううん。私さ……リョウの力になりたかったんだよ。だから色々考えてたんだけどさ、結局自分の感情が抑えきれなかった。ごめん」

いつも元気なカナミがしおらしくしていた。本気で反省しているらしい。そんなに反省しなくてもいいのに。別に僕がそこまで要求したわけじゃない。

「でもさ、今の状況って割とリョウに有利だと思うんだ。まだ自白していないのは私とリョウ君、それからワギの三人。次のミーティングではまず私が自白することになると思う。さっき手をあげてまで自白したがったんだから、当然よね。その次が、リョウかワギのどちらか。でもワギはいつでも自白していいようなことを言っていたから、あんまり順番にはこだわっていないんだと思うわ。だからうまくワギをその次に自白するように仕向ければ、リョウは最後に自白することができる。全員の自白を聞いてから、つまりこの場にいる人間の中で最も多くの情報を手にしてから……自白することができるんだよ。一番有利なポジションにつけるんだよ」

「確かに順番的にはそうかもしれないけどさ。そもそも有利とか不利とかこのミーティングにあるんだろうか？　真犯人を決定することがミーティングの目的で、それは別に勝ち負けがあることじゃない」

カナミは首を振って僕の発言を否定した。

「……きっとあるわ。私、ずっと考えていたの。このミーティングの目的って本当に真犯人を決めることだけなのかしら？」

「どういうこと？」

「凄く嫌な予感がするの。変な感じがするの。それだけじゃないと思うの」

カナミの表情は真剣そのものだった。

「思うのって、そんな」

「だって思うんだもの。根拠がないかもしれないけど、とにかく思うの。そうだよ、だって変でしょう？　本当に真犯人を見つけたいんだったら、こんな非効率的な方法ってないもの。平行線をたどるような議論を行わせるよりも、死体を解剖するなり何なりして動かぬ証拠を手に入れた方が手っとり早いわ。そうでしょう？　どうしてそれをしようとしないのか。どうしてわざわざこんなことをしているのか。つまり、目的は真犯人だけじゃないのよ。主催者にはたぶん、他に目的があるのよ」

「その目的って何なんだよ」

「わからないわ。そこまではわからない。だからリョウ、一緒に考えてよ。一緒に考えたらわかるかもしれないわ」

「そんなこと言ったって……」

他に目的がある?

だけどカナミの言うこともわからなくはない。今まで何人かの自白を聞いてきてよくわかった。人間はみんな自己中心的で、思い込みが激しくて、そしてその価値観はばらばらすぎる。同じリエという人間と関わっていても、その評価は人によって全く違う。「心も体も美しい女性」「素敵な人」だと言う人もいれば、「人を支配する暴君」「悪魔のような人間」だと言う人もいる。本当に同じ人間のことを言っているのか、時々疑わしくなるくらいだ。人間がその立場によって物事を正反対にとらえてしまうことは珍しくない。結果として、事実を感情が歪めて「記憶を作ってしまう」ことだってある。

そんな人間が何人か集まっておしゃべりをしたところで、議論がまともに進むわけがない。議論を進めるために必要なのは「確たる事実」だ。それは証拠品であったり、第三者の証言であったり。どんな会議だって事実がなかったら始まらない。

このミーティングの主催者は、それをわかっているのか?　わかっていてあえて、こんなことをさせているのか?　カナミの言う通り、ひどく非効率な会議だ。

他に目的があるとしよう。

他に目的があるのなら、なぜそれを参加者に開示しないのか。開示しては意味のない目的だということになる。もしくは開示したくてもできないのかもしれない。だから、違う目的をあえて与えて、間接的に主目的を達成させるよう仕向ける。

僕は想像を膨らませていく。

主催者は何を望んでいる？

•会議の参加者は誰もリエを殺してはおらず、本当は主催者が殺していた。主催者は自分の罪を会議の参加者の誰かに押しつけようとしている。

•主催者は会議の参加者の中にいて、誰が犯人なのか突きとめてリエの仇討ちをしようとしている。

•僕以外の全員が主催者。全員が演技をしていて、僕をはめようとしている。何のためかはわからないが……。

僕は頭を抱える。すべて根拠のない想像だ。それに辻褄《つじつま》も合わない。判断するには情報が足りない。決定的な情報が。

「考える上で重要な情報の一つは、この状況だと思うわ」

カナミが言う。

「リエという同一人物を殺したと全員が考えているっていう事実が、どうやったら起こりうるか。しかも全員が単独犯。こんなの、普通だったらありえないことだもの。考えられるのはそうね、例えば全員が嘘をついているとか、それぞれ自分が犯人であると主張することでメリットがあるとか……」

「鍋パーティー中に怪しいキノコを食べて、みんな妄想を見ているとか」

「まあ、それもなくはないけれど。リョウ、まじめに考えている？」

「うん……ごめん、よくわかんなくなって適当なこと言ってる」

「もう。でも、『同一人物を殺したと全員が考えているっていう事実』。これがあるからこのミーティングは成立しているわけよね。ひょっとしたら、主催者がこの状況を望んでいたのかも」

望んでいた。

望んでいた……。

何かいらいらする。

主催者の手の上で、弄ばれているような感覚がして嫌だ。

主催者。そいつはきっと、自白し合う僕たちを眺めて笑っているに違いない。誰が犯人なのか決められない僕たち。

犯人であることを望む人間もいれば、他の人間に犯人を押しつけて平常な生活に戻りたい人間もいる。犯人であることを望む人間を犯人にしたくなくて、自分が犯人だと主張する人間もいる。同時に、他の人間に犯人を押しつけるような奴が許せないと思っている人間もいるかもしれない。

めちゃくちゃだ。この会議室には人間の欲望と自己満足とが渦を巻いている。

この中で全員が納得のいく結論を出すことがどれだけ難しいか。

四苦八苦する僕たちを見て、主催者はにやついているんだ。

僕は何だか腹が立ってきた。どうしてこんな回りくどい嫌がらせをするんだ？

性格が悪いにもほどがある。

何か決定的な証拠があれば……。自白ではない、決定的な証拠を全員の目の前につきつけることができれば、それで真犯人は決まる。同時にこのミーティングにもケリがつく。

不毛な話し合いは終わる。決定的な証拠。有無を言わさず真犯人を確定させる決定的な証拠……。

休憩時間終了です
ミーティングルームに集まってください
休憩時間終了です
ミーティングルームに集まってください

決定的な……

「あれ。もう時間終わりなんだ。リョウ、行かなきゃだね」

証拠……

「次の自白、私だ。何だか恥ずかしいな……ねえリョウ、お願いがあるの」

カナミは僕の目を見つめている。

「私の自白を聞いても、その、さ。引かないで欲しいんだ。お願い」

僕は曖昧に頷いて見せる。

「……ありがと。さ、行こう」

カナミが僕の手を取り、引っ張る。僕はカナミに引かれるままミーティングルームへと歩く。

その時、僕の頭の中では電光が走っていた。

そうだよ。

僕はどうかしていたんじゃないのか。

決定的な証拠、あるじゃないか。なくなってしまえと考え続けていたものだから、忘れていたのか？

あのナイフだ。

リエの体内に挿入され、リエの血を吸い、リエの命を体から押し出したナイフ。あの禍々しい凶器。僕の狂気の象徴。

血がついたままの僕のナイフは決定的な証拠になるじゃないか。いや、厳密にはその血がリエの血だと証明されて初めて証拠になるのかもしれないが……。他の参加者は何も物的な証拠は持っていないようだから、あのナイフの存在は大きい。僕が真犯人だという説得力を大幅に増してくれる。あれをみんなの前で出せば、こんな会議すぐに決着がつくんじゃないか？

ナイフはこのホテルの僕の個室、棚の引き出しの中にタオルに巻かれて入っている。あれを取りに行きたい。休憩時間中なら個室へのドアも開く。今から取りに行くのは間に合わないか。次の休憩時間で取ってきて、僕の自白の時にみんなに見せればいい。

そうすれば、このミーティングは終わる。

「リョウ？　聞いてる……？」

終わるはずだけど……。

言えるのか？

僕は言えるのか？

血塗れのナイフを出して、「これで僕はリエを刺し殺した」ってみんなに向かって言うことができるんだろうか。

みんなに何か言われることは怖くない。反論されたりしたって平気だ。そんなことじゃない。僕の問題だ。

僕は……リエを殺してしまったことを、認めることができるのか？

怖い。

その事実を見せつけられて一番動揺してしまうのは……僕かもしれない。

何でだよ。

殺したかったから、殺したはずなのに……。

何なんだ？　僕は。頭がおかしいんじゃないだろうか？
どうして動揺する？　僕は、僕は……。
うああ。

〈榊カズヤの動向〉


「春日岳ホワイトペンションまで」

オレはタクシーの運転手にそれだけ告げて、どさっと座席に腰を下ろす。何だかひどく疲れた気分だ。体重をシートに全て預け、オレは深く深く腰掛ける。

乗り継ぎが良く、意外とスムーズに最寄駅まで来ることができた。今は午後四時ちょいか。日が暮れる前にはペンションに着くことができそうだ。

「お客さん？　ホワイト……ペンションですか？」

「はい。あ、カーナビで出てこないですか？　えーと、住所は……」

「ああ、はいはいわかりました。春日岳のあのへんね。じゃあちょっと近くまで行ってみますんで、適当なところで声かけてください」

快活な印象の運転手はそう言うと、アクセルを踏んだ。

車は駅前の繁華街を抜け、やがて山道へと入っていく。その振動を感じながら、オレは考えていた。

向かっている。とりあえず向かっている。目的地までの距離は一秒ごとに縮んでいく。到着までは時間の問題だ。だけど、到着したらどうすればいいんだろう。何も考えずにここまで来てしまった。

ペンションの中で姉さんが自殺しようとしていたら、すぐに止めに入る。もう毒を飲んでしまっていたら、すぐに救急車を呼ぶ。この場合はそれでいい。何か事件に巻き込まれていたらどうする？　姉さんが殺されかけていたら？　オレは犯人と戦わなくてはならない。何か武器を用意してくればよかった。今の持ち物で武器を持った人間と戦うのは厳しい。せいぜい筆記用具類を投げつけて目つぶししたり、鞄に石をつめて振りまわすくらいのものか。

ダメだ。

戦うことは諦めて、警察に通報するべきだ。しかしペンションではスマートフォンが通じるのだろうか？　姉さんのスマートフォンがつながらないことから考えて、圏外の可能性も高い。なら事前に通報しておくべきだろうか。事件を確認する前に通報……つまり事件が起きているかもしれません、という不確定な通報をすることになる。迷惑だったりしないだろうか。事前に通報しておいて、もし何でもなかったら？　ただみんなでペンションでバーベキューしていただけ、なんてこともありうる。いや、その場合は謝ればいいだけか。万が一のことを考えれば安全策を取っておいた方がいいかもしれない……。

そもそも帰りのタクシーはどうすればいいんだ。この運転手に待っていてもらえばいいのだろうか。いや、タクシー会社に電話してタクシーを回してもらえばいいんだ。ちょっと待て。その場合も、スマートフォンが圏外だったらどうする？　ペンションに固定電話くらいあるだろうから、それを使えばいいか。

……。

これが逃避か。

オレはため息をつく。帰りのタクシーだとか、どうでもいいことを考えて時間をつぶしている自分に気がついたからだ。きっとオレは怖いんだ。最悪のことを想像するのが怖いんだ。だからそういう可能性から目をそらして、今考えなくてもいいことを考えて、必死に時間稼ぎをしている。後回しにしたって現実は何も解決しやしないのに。

姉さんにもそんなところがあった。

やらなくてはならない仕事がある時ほど、部屋の掃除をしてみたり。本棚の本を順番に並べ直していたり。何かに悩んでいても、「お風呂入ってから考えよう」「明日になってから考えよう」「そのまた明日になってから考えよう……」と、どんどん後ろに回していくのだ。そのせいでいつの間にか問題が手遅れになり、トラブルになってしまうことがあった。

まさに今、そうなっているんじゃないか。

姉さん。そうなる前にオレに相談してくれたら良かったのに。一緒に考えたら、もっと早く簡単に解決していたかもしれない。姉さん。

キッチンで何か刻んでいる姉さん。洗濯物の上で力尽きて居眠りしている姉さん。オレの本を勝手に風呂で読んで、びしょびしょにしてしまう姉さん……。

姉さん。

様々な姿が浮かんでは消えていく。

「お客さん、もうそろそろですね」

運転手の声に顔をあげると、目の前に黒い壁が迫ってきていた。山が夕日を背負っている。赤と紫が不吉に混じり合い、醜悪なコントラストで空を塗りつぶし、黒く浮かび上がった山肌はオレのことを挑戦的に見下ろしている。

「このあたりにペンション群があるんですけど、お探しの場所はこのあたりだと思います……あ、あった。看板がありました。あれですね多分」

タクシーは右に曲がり、細い道をゆっくりと上る。

両脇に木々が立ち並ぶ中を進む。オレは窓の外をぼんやりと見つめる。通り過ぎて行く木の幹は、不格好な縞《しま》模様のように見えた。やがて縞模様が途切れる。タクシーがスピードを落とし、停車する。起き上がって前を見ると、夕日に赤く照らされた建物がそびえたっていた。

運転手が妙に明るい声で言った。

「五千百四十円になります」


時刻は四時二十八分。

湿度が高い。台風が来る前のような、どこか落ちつかない匂いがする。タクシーがライトを点灯させせながら走り去るのを見届けると、オレは建物に向かって歩き出す。

風に葉が揺れる音。虫の声。

オレ自身の足音と、細かい衣擦《きぬず》れの音がやけに大きく感じられる。近づいてくる建物。

その中に何があるのかはわからない。壁で覆われた人工的な密閉空間が、なぜか未知の昆虫の巣のように感じられた。

頑張れ、オレ。

オレはペンションの扉を開いた。

〈第五回ミーティング〉

会議室に全員が揃う。

夕方になり、室内は薄暗くなってきた。電気はつかないのだろうか。

「さてと。今回はさっきじゃんけんで負けたおねーさんの自白ってことでいいのかな」

ワギがほほ笑み、カナミを見る。予想通りの展開になった。カナミは小さく頷くと、立ち上がって演台へと歩いた。カナミの自白が終われば残りの自白者は僕とワギだけだ。

「佐久間カナミです」

カナミは名乗ると、一つ大きな深呼吸をした。

そして僕の方をちらりと見ると、静かに話し始めた。

僕はと言えば、ナイフの存在を思い出したことでほとんど上の空になっていた。僕は話し出したカナミを、どこか他の世界での出来事のように眺めていた。

・佐久間カナミの自白

私は佐久間カナミ。高校三年生です。

リエは部活の後輩でした。部活は水泳部。私が高校二年生になった時、新入部員として入ってきた子たちの中に、リエがいたのです。

最初の印象はなんて綺麗な子なんだろうという感じでした。細くて白い体、しなやかな筋肉、そしてどこか遠くを見ているような瞳。話しかけてみるととても気さくで、明るい子でした。

私にとって初めての後輩の一人でしたし、たまたま帰り道の方向も近かった。だからリエとはすぐに仲良くなりました。行き帰りに買い食いをしたり、ふざけあったり。不思議とウマがあう部分があって、一緒にいるととても楽しかったんです。もし妹がいたらこんな感じなのかなってよく考えました。

……いつの間にか、私は本当にリエのことが妹のように思えてきました。

タイムが伸び悩むリエを見ていると心配になりましたし、自分が泳いでいる時にリエがプールサイドに座っているのを見たりすると、姉としていいところを見せなければと奮起しました。リエも私を姉のように慕ってくれました。泳ぎで悩むことがあると相談に来たり、試合前にはお守りをくれたり。本当に私たちは仲良しだったんです。

……さっき、ミツル君が自白した時にリエが話していたことを聞きました。リエが私のタイムを抜いたから、私がリエを避け始めた……そう、リエが言っていたそうですね。

違うんです。

それは違うってことが、言いたいんです。

そして私はリエがそう考えていることが、本当に嫌だったんです！

確かにリエの考えている通り、私たちの関係がぎくしゃくし始めたのはリエのタイムが飛躍的に伸びたころでした。

リエはとても物覚えが早く、どんどん吸収して成長していく子でした。普通の人が必死に練習して習得するフォームを、リエは一瞬にして体得してしまうのです。スポーツをやっていた方なら何となくわかるかもしれませんが、運動の理論というものは頭では理解できても、実際に体を動かすとなるとそう簡単にはいかないものです。しかしリエは頭で理解してから体で実現するまでの時間が異常に短かった。イメージを理解すると体がすぐ動くようでした。運動神経がいいんだと思います。教えれば教えるだけ上手くなるので、とても教えがいがありました。いえむしろ、下手な教え方をすると鋭い指摘を受けるので、教える側が緊張してしまうくらいでした。

そうして期待の新入生としてめきめき成長したリエは、ある日クロールで私のタイムを抜き去りました。ほんのわずかの差でしたが、いつも教えていた私を超えたのです。

正直その瞬間は、愕然《がくぜん》としました。

私は二年生の中では最速でした。三年生の選手たちを含めても、部内で五指に入るタイムを持っていたのです。私がそれを鼻にかけたりしていたわけではありませんが、先輩には一目置かれ、後輩には尊敬されていました。他校のエースクラスの人が私に話しかけてくれたこともあり、それなりの自信も持っていました。何よりも私は、同期の何倍も練習していたという自負がありました。

朝も夜も、みんなが休憩している間も部活が休みの日も、ひたすら泳いで泳いで泳ぎ続けたあの時間。その時間が凝縮されたタイムを、中学時代に選手だったわけでもない新入生に抜かれたことはショックでした。

そりゃあ、悔しかったです。当然。

リエが記録的なタイムを出した瞬間、私も含めた部員はみな静まり返りました。目の前で起きたことへの驚き。そして、戸惑い。同情とはまた少し違う、何とも言えない奇妙な視線が集まってくるのを感じました。

「今、結構気持ちよく泳げたかも！」

リエが水面から顔をあげ、嬉しそうに笑いました。

「タイムは？」

タイムを告げられながら、リエはあたりの異様な雰囲気を察したようでした。祝福する一年生たち、驚きを隠せない上級生たち、追い抜かれて動揺している選手たち。そして立ち尽くす私。

私はどんな顔をしていたのでしょう。正直その時は頭が混乱していて、私は自分の表情がどうなっているのかなんてわかりませんでした。みんなの前で動揺してはいけないとか、リエを祝福しなくてはいけないとか、悔しいとか、私に何が足りないんだろうとか、次の大会の選手枠はどうなるんだとか、色々な気持ちが胸の中を駆け巡っていて整理できなかったのです。

そしてリエは、私の顔を見ました。

タイムを聞き、それが私を上回っていることを理解したリエの顔には……怯えが浮かんでいました。

怯え。

リエは私のタイムを抜いて喜ぶ様子もなければ、私に対して自慢する様子もない。リエは怖がっていました。おそらく、これによって私とリエの関係が崩れてしまうことを。私を怒らせてしまったのではないかと恐怖していたのです。それは、リエの中で私との関係がタイムよりも大事なものであることを意味していました。

それを見た瞬間、私はその場にいるのが耐えられなくなり、更衣室へと逃げ出してしまいました。辛かった。心が痛くて痛くて、辛かった。私は負けず嫌いなんです。と言っても、タイムを抜かれたのが辛かったわけじゃありません。

後輩にタイムを抜かれたくらいで、私とリエとの関係が崩壊してしまうと……そう、リエに思われたことが辛かったんです。

水泳はスポーツです。才能も努力も運も、全て含めて結果が出るものです。タイムを抜かれるのは確かに悔しいですが、それで相手の選手を恨んでも何にもなりません。私はタイムを抜いたり抜かれたりすることは、当然起こることだと思っていました。先輩を超えることもあれば、後輩に追い抜かれることもある。それで競い合う関係が生まれ、やりがいが増し、自分もさらなる高みを目指すことができる。部内に一人でも強力な選手が生まれれば、当然総合力が増して団体戦での優勝も近付く。

残酷なまでに実力が全てのスポーツだからこそ、楽しい。リエが私のタイムを抜くなら抜いてみればいい、受けて立つし、また練習に打ち込める。そう思っていたんです。事実私も何人もの先輩のタイムを抜いてきました。そして、そのたびに先輩は私を祝福してくれました。同じようなことが起きれば、私だって後輩を祝福できるはず。そう考えていたんです。

だけどそんな私の中にも小さな嫉妬の心があったんです。実際にタイムを抜いたリエを眼前にして、その生まれながらの才能に対する嫉妬の心が……ほんの少しだけ湧いていました。おそらくリエは私の表情の中に、私の嫉妬を感じて恐怖したのです。

心の中身を見透かされてしまった絶望。さらに、「カナミ先輩はその嫉妬心に負けてリエのことを嫌いになるに違いない」と思われてしまったことが本当に悔しかった。

いかにも自分が未成熟な人間のような気がして、妹のような存在の後輩をこんなに怯えさせるなんて本当に情けなくて、悲しくて、辛かったんです。少し一人になりたかった。一人になりたくて、私は逃げ出したんです。

しかし、そこで逃げ出してしまったのは失敗でした。

「やっぱりタイムを抜いてしまったのが不愉快だったんだ」とリエに誤解させてしまったからです。確かに私が更衣室に逃げて行けば、誰でもそう考えるでしょう。でも私はその時、そこまでは思い当たりませんでした。

私は家に帰ってひとしきり落ち込んだ後、このままではいけないと思いました。できるだけ早く、リエに説明しよう。ちゃんとリエのタイムを祝福し、これからも一緒に頑張ろうと伝えよう。そうだ、そうやってちゃんと話せばいいんだ。怯える必要なんかないから、どんどんいいタイムを出すように頑張れと。そして、今年の大会では一緒に団体優勝しようと言えばいいんだ。そうすればまた、今までのように仲良くできる……。私はリエに直接話すことを心に決めると、安心して眠りにつきました。


みるみるリエのタイムが落ちはじめたのは、翌日からでした。

「調子が出ない」

ということでしたが、リエの泳ぎをよく見ていた私にはすぐわかりました。リエは、わざと手を抜いているのです。私のタイムを抜かない程度に、慎重に。それを見て私はイライラしました。

そんなこと求めていない。

確かに負けるのは嫌だけど、手加減されて勝つのはもっと嫌。

私はリエを呼びとめ、詰め寄りました。

「リエ、あんた最近のタイムは何？　本気出してないでしょう」

「いえ……そんなことありません」

「嘘言わないで。ねえ、こないだ言ったでしょう？　私のタイムを抜いたからって、何も気にする必要ないんだから。お互いに切磋琢磨《せっさたくま》する仲間の関係でいたいって、言ったでしょう？」

「はい。わかってます」

「だったらこんなことやめて。リエのタイムが伸びなかったら、団体戦にも影響あるんだよ？　ちゃんと本気でやって」

「本気でやってます」

「……ねえ。もう一度言うけど、本当に、全力でやってほしいの。わかってね？　リエ。あなたが手を抜いたら、私怒るからね」

「はい。でも……私全力でやってるんです」

「いい加減にして！」

私の語気が思わず荒くなりました。

「本気なんです……」

リエは俯き、悲しそうな声を出しました。

私は戸惑いました。少し言いすぎてしまったかもしれない。また、怖がらせてしまった。

後悔の念が湧き上がります。

「ご、ごめん……」

まさか本当に本気でやっているのでしょうか？　単純に調子が悪くて、そうなってしまっているだけなのでしょうか。それならそれでいいんだけど……。心にもやもやとしたものが残ります。タイムを気にしないでのびのび泳いで、と伝えたかったつもりが、逆に変にタイムを意識させてしまったのかもしれません。どうしたら自然な関係に戻れるのでしょうか。

考えすぎるあまりか、今度は私のタイムが落ち始めました。

ひどくストレスでした。リエとの関係はぎくしゃくし、自分の泳ぎも伸びない。どうしたらいいのかわかりませんでした。さらに私を不愉快にさせたのは、私のタイムが落ちるのに合わせてリエのタイムも落ちていったことです。決してリエのタイムは私のタイムより上回りませんでした。何度もリエと衝突しました。わざとやっているでしょうと何度聞いても、全力でやっていますと答えるリエ。

強情なリエにイライラし、リエが泳いでいるのを見ると不快になってしまう私。リエの前であからさまにため息をついたり、全盛期の彼女からは考えられないようなリエのタイムを見て歯ぎしりをしたりしました。そしてそのたびに、リエを怯えさせてしまっていました。そんな自分にまた、自己嫌悪する。悪循環が続きました。切磋琢磨できるライバルの関係からは、ひどく遠い毎日でした。

そしてある日、私を愕然とさせる情報が入りました。後輩の一人が、リエの話を更衣室で聞いたらしいのです。

「タイムを抜いてしまって以来、カナミ先輩が怒っている。普段の態度が冷たいし、ことあるごとに私に言いがかりをつけて叱ってくる。もう絶対にタイムを抜くわけにはいかない。カナミ先輩を怒らせたくない」

……と。

私は頭を抱えました。

ここまで他人とわかりあえないことがあるんだと、ショックを受けました。私は私なりに、リエと積極的に会話をして仲直りしようとしていたのです。タイムの件でもできるだけ歩み寄り、リエにのびのびと部活を楽しんでもらうつもりでした。それが全く伝わっていない。それどころか、私が「怒っている」「言いがかりをつけてくる」と受け止められているのです。完全に気持ちがすれ違っている。全てが逆効果になっている。私は徒労感を覚えました。

私はもう……何もしないことにしました。

リエと仲直りしようとしていること全てが、リエを怖がらせることに繋がってしまっている。なら、もう仲直りしようと思わなければいい。諦めよう。何もしなければいい。

自分と他人の間には、どうしてもわかりあうことのできない壁がある。自分の中では明快な理屈も、相手が違ったら通じないことがある。二人の人間が同じ現象を見たとしても、それぞれ全く別の受け取り方をすることがある。それは仕方がないことなんだ。

リエと私は別の人間。違うところがたくさんある。だからこそ自分にはない部分が魅力的に感じて仲良くできるんだ。そして、だからこそ完全に理解し合うことは不可能なんだ。完全に理解し合いたいだなんて考えたら、うまくいかないんだ。それは、自分の価値観の押しつけになってしまうから。それは、相手の価値観の否定を意味するから。

だから相手を受け入れるために……自分を諦めなくちゃならないんだ。

私はそれからはタイムについては何も言わず、静かにリエと一緒に部活をすることにしました。少しだけリエと私の関係は改善された気がしました。言いあいをすることがなくなりましたし、最初から諦めてさえしまえば、リエが手を抜いて泳いでいることに対していちいち不愉快にもなりませんでした。最悪の関係値からは脱したのです。

……でも、リエは私の中で「どちらかと言えば付き合いづらい子」になってしまいました。前のように何でも話せる妹のような存在だったリエは、もうどこにもいません。それが寂しくて……悲しかった。そしてリエのタイムも、ずっと私を超えないままでした。


リョウと出会ったのは、そんな頃でした。

私とリエが一緒に帰っている時、突然の大雨に襲われたことがありました。その時、声をかけてくれたのが、リョウでした。

「これ、使っていいよ」

差し出されたビニール傘。

「僕、折りたたみあるから」

にこっと笑って、彼は折りたたみ傘を鞄から出してみせました。その顔には見覚えがありました。いつも同じ時間に電車で会う、大学生風の男性です。物静かに本を読んでいる姿を何度か見たことがありました。男の子にそんなに親切にしてもらったことのない私は、何を言えばいいのかよくわからなくなってしまい、困っている間に……手にビニール傘を持たされました。

「……そんなに大きくないけど、仲良しの二人なら肩寄せ合っていれば入れるよね」

彼はぼそっとそう言うと、「じゃ」と手をあげてのんびりと立ち去って行きました。

私とリエは顔を見合わせました。正直なところ少し戸惑っていました。

男の人が優しくするのは、何か下心がある時。そう考えていた高校生の私にとって、ただ傘だけを渡して自然に立ち去って行く彼の姿は衝撃的ですらありました。そして、その発言。彼は私とリエが二人とも……仲直りをしたいと考えている、それを感じ取ったのでしょうか。その日、私とリエは小さなビニール傘に入り、寄り添うようにして帰りました。

少し二人の距離が縮まった気がしました。私は彼に感謝しました。それはリエも同様だったと思います。

「あの男の人に、お礼したいの」

リエが提案し、私たちは彼にお菓子と一緒に傘を返し、それから三人のお付き合いが始まりました。電車で会ったら会話するようになり、やがて三人で遊びに行ったりするようになりました。彼の名前は藤宮リョウ。大学一年生でした。

「リョウさん、ごめんね。こんなとこに付き合わせて。興味ないでしょ？」

「リョウでいいよ。いや、こんな所はじめて来たからさ、面白いよ」

「本当？　女の子の服選びに興味持ってくれる男性なんて、珍しい」

「え？　だって面白いもの。女の子って凄く可愛いじゃない。その秘密を覗いているみたいで、好奇心が刺激されるよ。へー、これは裏地が独特だ。そうか、袖をまくった時に出る裏地が可愛いのか……。これはこれと重ね着するわけね。凄いこと考えるなあ」

「ふーん」

「これ、凄いな。このフリル。ねえカナミ、これちょっと試着してきてよ」

「え？　嫌だよ！　そ、そういうの私着ないもん」

「あれ、そうなの……じゃあリエ着てみてよ。見てみたいんだ」

「え？　うん……いいですよ」

リョウは適度にお茶目で、適度にのんきで。私たちと一緒にいることを凄く楽しんでくれる人でした。同じクラスにも男の子はいましたが、リョウは特別でした。距離感がちょうど良かったし、何より私とリエを仲良くさせてくれました。

「着てみましたけど……」

「すごいリエ！　舞踏会に出てくる人みたい」

「ちょっとそれ、面白すぎるから写真撮らせて」

「嫌ですよっ」

そして笑い声。三人で一緒にいる間は笑顔が絶えず、私とリエがぎくしゃくしていたことなんてどこかに行ってしまっていました。

たまには二人で遊びに行こうと、リョウを誘ったのは知り合ってから少したった頃でした。リョウからの返事は、意外なものでした。

「ごめん。次の日曜日は予定があるんだ」

「あ、そうなんだ……。じゃあ大丈夫、リエでも誘おうかな」

「あっ」

「ん？」

「リエも行けないと思うよ。その日、リエと一緒に映画見に行くから」

「えっ」

「ほら、こないだからやってるやつ。タイトル何だったかな。ゾンビが出てくるあれ。渋谷で見られるんだよ。何ならカナミも一緒に行く？」

「いや、大丈夫……」

「そう……？」

どこか気まずそうなリョウの顔。

リエと二人きりで映画ですって。どちらから誘ったのかしら。私の心はもやもやしました。リエから？　リョウから？　どうして私は誘われなかったのかな。いやいや、私だってあわよくばリョウと二人きりで遊びに行こうとしていたわけだけど。

……。

次の日曜日。

渋谷。

……映画館。

見る映画は、こないだからやってるやつ。ゾンビが出てくるあれ。

……。


いつもと違うメイクをして、コンタクトを外してメガネをかけて。私は準備をしました。リエやリョウの前でメガネをかけたことはなかったはず。だからきっと気づかれない。もし気づかれたら？

あれ、偶然！　こんなところで会うなんて。

そう自然に言えば大丈夫。どうしてここにいるのって聞かれたら？

うん。ちょっと渋谷に服買いに来てて、ここで休憩してた。

そんな感じで大丈夫かな。

うん、ごまかせる。ごまかせる。私は口の中で言い訳の言葉を小さく繰り返します。

（私らしくない）

何時の回を見るのかわからないから、少し早めに行かないとダメだな。でもリエは休日は大体寝坊をする。低血圧らしく、朝が苦手なのだ。だから午後の回じゃないかな。お昼に待ち合わせて映画のチケットを買い、ご飯を一緒に食べてから映画。そんなプランが妥当。

（何を考えているの私？　こんなの私らしくない）

ネットで調べたら、ゾンビものをやっている映画館は渋谷に一つしかなかった。ここで張っていれば必ず二人を見つけられる。見つけたらどうしよう。

（別にいいじゃない、リョウが日曜日に何してたって。リエが何してたって。こんなコソコソするの、私らしくない。気になるなら堂々と聞けばいいし、気にならないなら平然としていればいい。こんなの私らしくない。私らしくない）

うるさい！

（……）

見つけたら、尾行してみよう。他にすることもないし。うん。意味はないけど尾行……してみよう……。

（きっと後悔する）

私は準備を終えると、渋谷に出かけました。

（きっと後悔する）

映画館から出てきた二人は、とても楽しそうでした。凄くいい雰囲気だったんです。ごめんなさい。本当に幸せそうでした。手をつないでいました。私は　私は　私はどうしようもないほどにどうしようもありませんでした。仲良く腕を組んで二人は歩き、小さな喫茶店へと入って行きました。

私はそこまで確認すると、すぐ近くのコンビニへと入りました。そのまま店員に何も言わずにトイレに入って、鍵をかけました。

体が震えました。心がぐちゃぐちゃになっていました。部活で私はサバサバした「姉御」タイプだと言われていました。カナミさんってはっきりしてていいよね、ってよく同級生に言われました。そんな私がこんな。

私はリョウのことを好きになっていたんです。二人を見てこれだけショックを受けると言うことは、そうに違いありません。今まで気がつかなかったけれど、そうなんです。でも好きな人の存在に気がついた途端、その好きな人は取られてしまいました。それも、私の大切なリエに。嫉妬。タイムの時なんかよりも全然質の違う嫉妬でした。

そしてやっぱり私は……嫉妬している自分がカッコ悪くて、情けなくて、消えてしまいたいくらいに悲しく思いました。私はプライドが高いのかもしれません。

リョウとリエの雰囲気はとてもいい感じでした。まさに付き合い始めのカップルという感じ。もう彼氏彼女という関係になっているのかどうかはわかりませんでしたが、お互いに好きあっていることはよくわかりました。

私の入る余地はなさそうです。

いいえ、私がここに無理に入っていったとしたら……私、リョウ、そしてリエの三人はきっとバラバラになるでしょう。それこそ、完全に修復不能になるまで。タイムの時ですら、気にしないでという私と気にしすぎるリエ、二人の関係値はあれだけ崩壊したのです。そして結局解決はできなかった。私のせいで、リエという才能の将来を狭めてしまった。

もうあんなことは絶対に嫌だ。

私はこの三人の関係が好きなんだ。

自分のプライド。リョウのことが好きな気持ち。嫉妬。リエへの罪悪感。人間関係が壊れることへの恐怖。様々な感情が自分の中で飛び交って、私はトイレの中で混乱状態でした。頭の中に電気が飛び交ってぶつかり合い、目の前がちかちかするようでした。まぶしい。まぶしい。

だったら……。

私は一つのことを、心に決めました。

決めてしまった後、顔をあげるとトイレの白い壁が視界に入りました。

薄汚い白色。

「あれ？　偶然！　こんなところで会うなんて」

「カナミ先輩？」

驚いた顔でリエが私を見ました。リョウも不思議そうに私を振り返ります。喫茶店の中にはコーヒーのいい香りが漂っていました。

「カナミ先輩、どうしてここにいるんですか……？」

「ちょっと渋谷に服買いに来てて、ここで休憩しようと思ってさ。横、いい？」

「うん、大丈夫」

リエに少しだけ詰めてもらって、私はリエの横に座りました。

「私、カフェオレ一つください。あ、アイスで」

注文を聞きに来た店員にそう伝えると、私はリエに向き直りました。笑顔を絶やさないように気をつけながら、できるだけ明るく。

「何だかいい雰囲気だね。声かけるのためらっちゃった」

「うん、映画見に来たんです。ゾンビのやつ。前から見たかったの」

ね、とリョウに笑いかけるリエ。リョウも頷きながら笑う。

「ふうん。ゾンビのやつね」

知ってるわ。ゾンビのやつなのは知ってる。それだけじゃない、見たのは十四時三十分の回、日本語吹き替え版でしょ。でも言わないわ。カナミ、自分に負けちゃだめ。ちゃんと最後まで確認しよう。

私は「サバサバしてるよね」と言われた時の話し方を思い出しながら、できるだけその話し方に近いようにして言葉を続けました。

「二人、いつの間にそんなに仲良くなったの？　なんかもう、恋人って雰囲気だよ」

「え、そうですか？　うふふ」

リエがリョウと目を合わせて笑い、リョウは少し恥ずかしそうに顔を赤くしました。

「うんうん。え……」

映画館から出てきたところなんて、本当にラブラブだった。と言おうとして私は口をつぐむ。そこは見ていないことにしなくちゃ。

「……本当に、いい雰囲気だよ。ハートが空気中に、出てる」

「うそ、ハート出てますか？　リョウさん、ハート出てるって言われました」

話を振られたリョウは、水を一口飲んで口を開きました。

「……カナミ、僕たち付き合うことになったんだ。今日、告白したんだ」

照れくさそうに笑って、そう言いました。

喫茶店の床が一瞬にして全部砂に変わり、底なし沼のごとく私を飲みこみ出した気がしました。流れていたBGMも、客のざわめきも消えました。聞こえるのは小さな小さな砂がさらさらと私を中心に流れて落ちていく音だけ。足元の手ごたえがなくなった。落ちる。落ちる。私は砂になって落ちていく……。

だめよ。

頑張らなくちゃ。ここでリエを怖がらせたら、また同じことの繰り返しだ。リエのことだから、私がリョウを好きなことがわかったら、絶対に気にする。私が悲しんでいるのを見て、自分のせいだって思いつめる。そのまま平然と彼氏と付き合っていけるような女の子じゃない。

リエの幸せは私も嬉しい。リョウも素敵な人だから、幸せになってほしい。だから私はここは耐えるんだ。そう決めたんだ。そうしたら、きっとみんな幸せになる。私はもう、誰かを不幸にはしたくない。

だから、そのために。

三人のために。

私は自分に嘘をつこう。

自分に嘘をつくんだ……。

「……おめでとう！」

とびっきりの笑顔を作って私は言いました。

リエとリョウと私、三人分の笑顔が喫茶店にありました。

私は開いた口の中に砂が流れ込み、窒息死するような気分でした。

思い切って諦めてしまうと、それはそれで何とかなるものです。

三人の関係は壊れず、仲の良いまま続きました。リエとリョウと私。二人っきりの方がいいんじゃないかと遠慮する私に、二人は三人の方が楽しいからと誘ってくれ、何度も一緒に遊びました。

リョウが他の女の人とメールをしていただとか、記念日を忘れていただとかで、時々小さな喧嘩をする二人。困った顔をしているリエの相談に乗ったりして、私も微笑ましい気持ちになりました。

最初のうちこそ、別れてしまえ、そして私と付き合って欲しい、などという邪心が湧いたこともありましたが……吹っ切れてしまってからは、不器用ながらも楽しそうに付き合っている二人が可愛くて、私も幸せでした。

妹の恋愛を見守る姉ってこんな気分なのかな……なんて思っていました。

何よりも自分の暗い感情を抑え込めたことが嬉しかったです。二人の前で平然とふるまえるようになったことは、タイムの件以来ナーバスになっていた私に自信を与えました。

結果、部活でも最近元気になったねと言われ始め、タイムも元のように伸びました。リエのタイムも私より常にちょっとだけ遅いタイムではありますが……めきめきと伸びました。これで良かったんだ。リエが頑なにいいタイムを出そうとしないなら、私がどんどんいいタイムを出せばいい。リエはついて来られる範囲でついて来る。私がリエの限界を超えて速くなればいいだけだ。

私たちは部を引っ張る二大エースとして成長し、大会では一緒に出場して団体優勝もできました。

もう全て解決した。

よかった。本当によかった。

そう考えていました。


その日、私はリエと一緒に部活から帰りました。

駅のホームで電車を待っている時でした。

「最近リョウとはどう？　仲良くやってる？」

軽い感じで質問した私に、リエは寂しそうに俯きました。

「……仲良くないの？」

「違うんです」

「違うって」

「リョウは、とっても私を大切にしてくれます」

何か嫌な感覚が私の頭に走りました。

「それなら……」

「ダメなのは私なんです」

「どういうこと？」

「私は、周りの人を不幸にするんです」

思いつめたような瞳でリエは言いました。

「え？　ちょっと、何言ってるのよ」

「こないだ、リョウと将来の話をしたんです」

「将来？」

「はい。リョウは大学を卒業したら、いっぱい旅をしたいんですって。色々な所に行って、色々なものを学んで。もちろん仕事をしながらになるだろうけれど。そしてできれば、その旅の経験をいつか仕事に活かしていけたらいいって思っているんですって」

「何かリョウらしい夢だねえ。でも、それがどうしたの」

「私……借金があるんです」

「……うん」

リエの家庭の事情が複雑なことを知っていた私は、それを聞いてもあまり驚きはしませんでした。

「それも、かなりの額なんです。……私は卒業したら、とりあえずそれを返していきたいんです」

「まあそれは仕方ないよね」

「リョウの……足手まといになってしまう」

「え？」

「私が借金を返していたら、リョウは優しいからきっと手伝ってくれます。返すのには数年かかるかもしれません。その間、リョウは旅に行くことはできません……そんなの嫌なんです。リョウには、好きなだけ旅に行って欲しいんです」

「何言ってるの？　付き合っているんだから、片方が困っている時に片方が助けるのは当たり前じゃない。足手まといとかそういうことじゃないよ？」

「そうかもしれませんけど、リョウに旅を我慢してほしくないんです。私は重荷になりたくないんです」

「で、どうしようって言うのよ」

「……別れようかなと」

頭に血が上るのを感じました。

「……本気で言ってるの？」

「はい」

「そんな理由で別れるなんて言ったら、リョウがどれだけ悲しむかわかっているの？」

それだけじゃない。私だって悲しい。

「カナミ先輩。私、いつだって仲良くしてくれた人を悲しませてしまうんです。私知ってるんです。リョウだって、いつかきっと悲しませてしまうと思うんです。この借金のことだけじゃなくって、他にもきっと。だから早めに別れてしまいたいって思っていたんです。だけどリョウ、本当に優しくて……ずっと、決断できなくて……いつか別れなきゃいけないって思ってたんですけど、一緒にいる時間が楽しくて。つい、だらだらしちゃった……。だからもう、もうここで決心しようって思うんです」

「ばか！」

思わず大声を出してしまいました。

「何泣いてんのよ。何悲劇のヒロインぶってるのよ。リエあんた、考えすぎ。リョウはきっとリエともっと一緒にいたいって思ってるよ。足手まといだろうと何だろうと、一緒にいたいんだよ。どうしてそれがわからないの。迷惑かけたくないから別れるって、そんなの相手に失礼だよ。ちゃんと嫌いになって別れるんならいいけど」

「じゃあ、嫌いになります！　なればいいんでしょう？　リョウにも私を嫌いになってもらいます。もう、ちゃんと嫌いになってもらうようにしてるんです」

「そういうことじゃないよ！　何へそ曲げてんの。リョウはね、リエと仲良くしていたいんだよ。その気持ちに対して申し訳ないとか、そういう気持ちでいちゃいけないんだよ」

タイムの時だって。リエは私に対して申し訳ないとか、怖いとか、機嫌を損ねてしまったとか、ずっとそう考えていたじゃないか。そんなの求めていないんだよ。そりゃあ悔しかったし、辛かったよ。でもそれで泳ぎに遠慮されるのはもっと嫌なんだ。

リエは、何でも困ったら自分が引けばいいと思ってる。相手のために、引けばいいと思ってる。そういう考え方、本当に嫌。

そう考える根っこには、「他人を不幸にしてしまう」っていう変な思い込みがあるみたいだけど、そんなのあえて主張しないで欲しい。誰だって生きていく中で、多少は誰かを不幸にするんだよ。大学に合格して喜ぶ人がいて、不合格で悲しむ人がいる。志望した会社に入って喜ぶ人がいれば、職を失って泣く人がいる。しょうがないんだ。それはしょうがないことだってわかっていて、リョウも私もリエと付き合っているんだよ？

「……だって、嫌なんです」

「嫌とかじゃないでしょ？　そんなの、自分の無力さをリョウのせいにしているだけだよ。そうやって一人で抱え込んで、全部一人でやろうとして、周りの人がどう思うかわかってんの？」

「何で、カナミ先輩がそんなに怒るんですか？　いいじゃないですか。私がどうしたって！」

怒るわよ。

リョウとリエに幸せになってもらうことは、私にとっても大切なことなんだ。その幸せは私が我慢したことで叶ったんだよ？　それを、そんな理由でめちゃくちゃにして欲しくない。

借金があるって正直にリョウに言えばいいじゃない。それでリョウが付き合っていくのが嫌だって言ったら、そんな小さな男、別れてしまえばいい。だけどそれでもリョウが付き合っていきたいって言ったら意地でも幸せになって欲しい。

何も言わず、リョウに嫌われて別れるだなんて……絶対にやめて欲しい。

「ダメだよ！　明らかにダメな方に向かっているって知ってるから、怒るんだよ。リョウが可哀想だってわからないの？　私だって悲しいんだよ？」

「なら、カナミ先輩がリョウと付き合えばいいじゃないですか」

……え？

想像もしていなかった一言に、私は思わずひるみました。

「私なんか最初からいなくたって良かったんです」

背中の毛がいっせいに逆立つような感覚。

「タイムだって、先輩を脅かしてしまった、嫌な後輩でしたし！」

目の前でリエが叫んでいる。

「カナミ先輩の方が、リョウのことを好きだったんだから……」

二番線　電車が通過します
二番線　電車が通過します
黄色い線の内側にどくんどくんどくんどくん
私の心臓の音がひどく大きい。

「カナミ先輩が、リョウと付き合った方が良かったんです！」

目の前が真っ赤になりました。


リエは全部知っていた。私がタイムを抜かれて、嫌だったことも。リョウのことを好きだったことも。ひょっとしたら喫茶店で偶然出会ったのも、尾行していたからだって知っていたのかもしれない。その上でリエは私の好意に甘えていた？　私の心を暴かずにいた方が私が傷つかないと思って、私に自己満足を与えていた？

冗談じゃない。

そんなこと冗談じゃない。

バカにしないで。

それだけじゃなくて、リョウを譲るだなんて。

私がリョウと付き合った方がいいだなんて。

そんな、私の心を見透かしたようなことを。

私がずっと我慢してきて、私がずっと自分のプライドや欲望と闘ってきて、それでもリエやリョウと仲良くしようと頑張ってきて、一生懸命やってきて……。

どうしてそれを、バカにされなきゃいけないの？

リエ、許さない。許せない。謝って。謝って。あやまれよ！


赤い霧が晴れ、視界が澄むと、もうリエはいませんでした。風が私の頬を撫でます。線路には誰かの腕が転がっているのが見えました。その向こう側には、さらに色々な物が「散らばって」いました。

両手に残る、リエの体の感触。温かくて柔らかい筋肉とその奥にある骨。その感触をかみしめながら私は両手を見つめました。

突き落とした。

私はリエを突き落とした。

私がリエを突き落とした。

……らしい。

信じられず、私は思わず目を閉じました。

恐ろしい光景が闇の中で再生されました。

通過する電車の通り道に転がり出てしまったリエ。電車に一度はねられて、線路に倒れた所に無数の重々しい車輪が襲いかかる。圧倒的な重量で引きちぎられて、押し切られて、砕かれていく。リエという人間だったものが、ほんの数秒で何だかわからないものに変化していく。

……目を開いた時、あたりからは悲鳴が聞こえていました。私を怪訝な顔で見つめる人もいました。

そこで、私はもう一度目を閉じました。

その後のことはよくわかりません。

これで私の自白は終わりです。

……リョウ。

引かないでって言ったけど……引いてるよね。

ごめん。

カナミは顔を両手で覆っていた。その姿勢のまま、演台から降りて席に戻る。泣いているようだった。僕はそんなカナミを茫然と眺めていた。

何が何だかよくわからなかった。

カナミの話の中では、僕がたくさん出てきた。僕とリエの話がたくさん出てきた。

僕は何も知らなかった。

リエとカナミの間の確執も、カナミが僕のことを好きだったことも、リエに借金があったことも、それが理由で僕と別れたがっていたことも……。同じ時間軸の中に僕もいたはずなのに、ほとんどが初耳の話ばかりだった。

一度にたくさんの情報を得てしまい、僕の頭は混乱していた。

カナミは引かないでと言っていたけど、正直引く余裕もなかった。理解するので、追いついていくので、精一杯だった。

〈第五回ミーティング終了　休憩時間：十五分〉

休憩時間です
ミーティングを終了してください
休憩時間です
ミーティングを終了してください

リエと将来の夢の話をしたことは覚えている。

確かにその時、僕は旅行をしたいと言った。その時リエは、「へえ、素敵だね」と言って笑ったはずだ。それはいつもと変わらない笑顔だった。ただの何気ない会話だった。そこには何ら暗い印象は見いだせなかった。借金があるからどうのだなんて、気配を感じたこともなかった。僕が鈍感すぎるのか？

僕は記憶を懸命に追いかけていく。もっと詳細に思い出せ。

リエとカレーライスを食べた。そこで、将来の夢の話になった。僕は旅行のことを言った。そこから話は広がり、どんなところに旅行に行きたいかの話をした。次の日、メールを何通かした。そして次の日、電話をした。普通だった。次の日。メールが返ってこなくなった。さらに夜中に「もう連絡しないで」というメールが来た。電話で問い詰める。違う男と結婚するつもりだと聞かされる。ずっと前からその男と付き合っていたと聞かされる。僕は茫然とする。次の日。いくら電話やメールをしても埒があかない。不機嫌な口調で、あなたにはもう飽きたから興味ないの一点張り。次の日。僕は深く絶望して、体中をかきむしって、歩きながら何かつぶやくようになって。赤信号で横断歩道を渡ろうとして、車に轢かれかけた。そして目についたホームセンターでナイフを買って、リエに最後に一度だけ会いたいと言って……。

たったの数日間で僕とリエの関係は、坂を転がり落ちるように崩壊していった。

将来の話をしたあの日から。

「リョウ。……休憩室、いかないの？」

そうだよ。

どうして気付かなかったんだよ。

変じゃないか。あのリエが、急に態度を変えるなんて。あの恥ずかしがり屋で、弱気で、でも時々自信満々だったりするリエが。

そうだよ、僕とリエが過ごしてきた時間。あの時間は本物だ。あの時間、ずっと僕と遊びで付き合っていた？　そんなことができる女の子じゃない。

あいつ……。

「リョウ？　怒ってるの？　ごめん。私の自白で、嫌な気分にさせちゃったかな……」

何が借金だよ。そんなことで僕と別れようとしたのか？　時計を売ったなんて言ったのも、僕に嫌われたかったから？　それともそんなにお金がなかったのか？

父親はヨリコと不倫して家を顧みなくなり、母親は家を出て行った。弟を養うためにAVのスカウトをして必死で働いて、川西みたいな変態にストーカーされて、それでも頑張って。母親に執拗に「周りの人間を不幸にする」と言われているうちに人間関係に苦手意識を持って、友達のケーコや先輩のカナミとも不器用にしか付き合えなくて。たったひとり本音で話せた友達、ミツルには自分の命を絶つように願っていた……。

リエ。

そんなことになっていたなんて。

「……リョウ？」

君はいつもそうなんだ。僕は何度も言ったじゃないか。何事も自分一人で全部抱え込もうとしすぎなんだよ。君が時々、何か悩んでいるらしいのはわかっていたよ。でも君は決して話してくれなかった。だから僕は勘違いしてしまったんだ。きっと大した悩みじゃないんだろうと。良かったんだ。僕に相談してくれて、良かったんだ。それで嫌われるんじゃないかとか、足手まといになるんじゃないかとか、考える必要なんかないんだよ。

だって。

だって僕は。

悩みも全部ひっくるめて好きでいられるくらい、君のことが好きだったのに！

「泣いてるの……」

そうだよ。僕はリエが好きだったんだ。

いや、それだけじゃない。

今も僕はリエが大好きなんだ。

好きだ好きだ好きだ、リエ。みんなの話を聞くたびに君が愛《いと》しくなる。君に会いたくてたまらなくなる。君を殺したという自白を聞くたびに腹が立つ。君を殺されたことに腹が立つんだ！

僕は……こんなにバカだったのか。

今頃、リエが好きで好きで仕方なかったことに気がつくなんて。気がついてみればどうしてこんなことを忘れていたのか不思議で仕方ない。湧きあがった殺意で、自分の心を塗りつぶしていたんだ。バカだった。ちっぽけな自分のプライドを守るために、僕は本当に大切なことから目を背けていた。昨日の僕をぶん殴ってやりたい。リエ。リエを殺してしまうなんて！　こうして後悔するってことがなぜわからなかったんだ？

リエが裏切ったから憎んでいた。何が裏切ったから憎んでいた、だ。リエは裏切ってなんかいなかったんだ。僕がリエの心を理解できなかっただけ。リエの苦しみに一緒に立ち向かうことができなかっただけ。リエの心を開かせることができなかっただけ。僕はどうしてもっと上手に聞けなかった？　僕はどうしてもっとリエが話しやすいようにしてあげられなかった？

どうしてもっと……。

僕は……。

「リョウ。どこに行くの？」

あふれ出てくる涙を手でぬぐう。ぼやけた視界の中でドアを探す。

この部屋には川西に案内されてきた。どのドアだっけ？　これだ。ここから個室に行ける。あのナイフが置いてある個室に。僕は廊下を歩く。涙はまだ止まらない。なんて女々しいんだ。バカじゃないのか僕は。いい加減泣くのはやめろ。

廊下は長く続いていて、いくつかのドアが面していた。これはそれぞれみんなの個室なのだろうな。

一つ開けっぱなしのドアがある。室内の様子が見えた。川西が頭を抱えながらベッドに倒れ臥している。何やってんだあいつ。女物の下着に顔を押しつけているようだ。ひょっとしてあいつ、休憩時間のたびにあんなことをやっているのか。僕は見なかったことにして先を急ぐ。

廊下の一番奥。向かって左側の部屋。

ここだ。僕の部屋はここだった。

ドアの下のわずかな隙間から、鮮やかなオレンジ色をした光の粒子があふれ出ている。

僕はドアを開く。かすかに空気の流れが生まれたのか、昼の余熱を残す空気が爽やかに僕の横を通り抜ける。部屋の奥にあるカーテンはそれに合わせて踊るようにゆらゆらとたなびき、まるで僕に手招きをしているように見えた。

おいで。そして、向き合うんだ。

窓の向こうには宝石のような夕日が浮かんでいる。その深紅の球体を中心に、空は輝かんばかりの黄色から青を経由して、したたり落ちそうな紫色までグラデーションを描き抜く。見上げれば一番星が瞬き、幾重にも重なった雲がそれぞれ違う色の光を浴びて流れていく。

異世界に紛れ込んだのかと見まがうほど、美しい光線の列。その中心に棚があり、その中心に小さな引き出しがあった。そこに向かって歩く僕の足元から、黒い影が長く線を引く。

まばゆいばかりの赤の光の中、白い羽のように輝くダストに包まれて僕は引き出しに手をかける。ぐるぐる巻きにされたタオルが姿を現した。ところどころに黒い染みが浮き上がっている。

これだ。

これで僕は……。

タオルをゆっくりとほどいていくと、中から現れた白銀の刃が太陽光をあちこちに乱反射させた。禍々しいその刀身。最後にリエと僕を繋いでいた道具。リエと僕との繋がりを断ち切った道具。僕はその柄《つか》を握り、ゆっくりと太陽にかざす。

もういっそ、これを僕の心臓に突き立ててしまおう。

そうしたら、リエにもう一度会えるかもしれない。

そうだ。

そうすれば全て解決するんじゃないか。このやりきれない気持ちを、リエへの想いを、悲しい気持ちをすっきりさせるには、それが一番だ。

沈みゆく夕日が最後の力で僕の体を温めているのを感じながら、ナイフを逆手に握り、その先端を胸の前に当てた。ちくりと肌が痛む。リエの心はどれだけ痛かっただろう？僕の心も痛かった。凄く痛かった。どれだけ痛かっただろうか。

それを確かめてみよう。

手に力を込めて、まっすぐに胸を突くんだ。

刃はあばら骨の合間を抜けて心臓か肺を突き破る。

両手で柄の奥を持って、一気に。

よし。

僕はふうと息を吐いて、もう一度ゆっくり吸った。

思わず目を閉じかける。狭まった視界の中で、夕日が山影と重なってダイヤモンドリングを作り出すのが見えた。

さあ。


……ナイフの柄に何か書かれている。

文字だ。何だ？　名前？

ナイフの持ち主の名前か？

僕はナイフに名前を書いた覚えはない。

……四文字。

「桜井和義」

さくらいわぎ。

なぜ。


日が没していく。

〈榊カズヤの動向〉

ひどく静かだった。

ペンションの玄関は綺麗に整頓されていて、スリッパが行儀よく並んでいた。しかし電気はついていない。暗い。受付には誰の姿もない。オレはしばらく扉を開けたまま目が慣れるのを待つ。ふと思いついて、脇の靴箱を開いてみる。

「……」

靴箱の中には大小様々な靴が並んでいた。男物もあれば女物もある。革靴、スニーカー、サンダル……その中で一つ、オレンジ色のスニーカーが目に付いた。姉さんの靴だ。姉さんはやっぱりここにいる。

なぜかあまり声を出さない方がいい気がして、オレは無言で館内に入る。人の気配がない。靴の数から考えて、七人前後は館内にいるはずなのだが。

自分の家とは違う匂いが、何とも落ちつかない。廊下を抜けると、食堂があった。椅子と机が整然と並べられている。

綺麗なペンションだ。

最低限の家具が置かれているだけの殺風景な室内。よく掃除されているようで、ゴミなどが目に付くことはない。しかしそれが逆に気持ち悪く思えた。生活感が全くないのだ。人が暮らしていける空間に感じられない。ゴミ箱も空っぽだ。ちり紙一つでも入っていたら安心するのだが。ソファに置かれたクッションも、棚に収められた食器類も、すべてが整然と並べられている。まるでモデルルームのようだ。

　この家の人間たちは、みんな二階にいるのだろうか。

　館内図では、二階には個室と会議室があったはずだ。個室にみんな引き上げているか、会議室で何か相談しているのかもしれない。

　見回せば、部屋の隅に階段があった。

　階段の先は薄暗い。耳をすませてみたが、何の物音も聞こえてこない。会議室が防音構造にでもなっているのだろうか？　それとも全員が寝静まっているとでも言うのか……。

　オレは階段に足を踏み入れた。

　みしり。

　かすかな板のきしみが、無音の空間に響きわたる。

　二段目。三段目。一歩ごとに呼吸を整えながらオレは二階へと上って行く。進むにつれて自分の体温が下がっていくような気がした。二階に何があるのかはわからないが、その「何か」とオレとの距離は確実に縮んでいく。

　二階に上りきる。長い廊下の左右と、突き当たりに扉がある。左右にある扉は個室、奥の扉は会議室だろう。一番手前、右側の個室の扉が開いていた。忍び足で近づき、オレは部屋を覗き込む。

　誰もいない。

その部屋は中央にベッドが置かれているシンプルな部屋だった。トイレとバスもついているようだ。窓が一つ。その手前に棚がある。引き出しが飛び出している。ベッドの上には荒れた状態のシーツ。誰かがいた。誰かがここにいたんだ。

「……姉さん？」

応答はない。

オレはその場に立ち、あたりの気配を窺った。息が聞こえる。これはオレの呼吸音だ。この音は意識から外そう。まだ音が聞こえる。オレの鼓動だ。これも意識から外そう。後に何が残る？　何が聞こえる？

何か聞こえる……。

かすかな声が聞こえる。海の波が引いては返すような、呼吸しながら泣いているような声だ。オレは廊下を振り返る。声は一番奥の扉、会議室から聞こえてくる。

オレは何かただならぬ気配を感じた。

行くしかない。

オレは拳を握りしめながら、廊下を一歩、また一歩と進む。

そして、会議室の扉のノブを握った。

ノブは金属のこすれるような音を立てながら、ゆっくりと回った。

〈第六回ミーティング〉

休憩時間終了です
ミーティングルームに集まってください
休憩時間終了です
ミーティングルームに集まってください

何度も鳴り響くアナウンスに追い立てられるように僕は部屋を飛び出し、会議室に入った。すでに僕以外の六人は席についていて、勢いよく入ってきた僕に視線が集まる。

「おいおいお兄ちゃん、どこまで行ってたの？　遅刻寸前じゃん」

ワギがにやっと笑う。

その顔を僕は見据える。こいつ。へらへらして気に食わない。

「まあ、これで全員そろったね。そして自白もあと二回。ワギさんとリョウさんの二人だけだ」

ミツルが言う。

「いよいよクライマックスか。リョウ。……どっちが先にやる？」

場が静まり返る。

「オレは、どっちでも構わないぜ。オレが先でも、君が先でもな」

こいつはどうしてこんなに平然としていられるんだろう。少なくとも僕だったら、これから自白するとなったら緊張する。今までのリエとの思い出を説明している間に、涙が出てきてしまうかもしれない。それくらい自白は、気合いを入れる必要がある行為だ。それなのにワギはまるで世間話をするのと同じようなもの、と言わんばかりの態度でいる。

「何、黙り込んでんの？　リョウ、お前さあ。これまでいっぱい時間があったわけだけど、まだ整理ができていないとかそういうクチ？　それともあれかな？　衝動的に殺しちゃって後悔しているパターンかな。とっても自白なんかできる精神状態じゃない、とか。そんな人も参加者の中にいるとはねえ」

「そんなこと……言ってない」

僕は少し不機嫌に答える。

「怒るなよう。それならそれで別にいいからさ。でも時間がかかるのは勘弁だ。ほらぱっぱとテンポよくいきたいだろ。そうだな、やっぱりオレが先にしようか。君はその間自分の感情を整理していたらいい。いいかい？　次のミーティングの時はもう逃れられないんだぜ。君しか自白する人間は残っていないわけだからさ。観念して自白するしかない。そこ、よーく理解してきっちり準備するようにね」

ワギは僕を指さしてウインクしてみせる。

そして席を立ち、演台へと向かった。

「んじゃ、始めますか」

ワギは頭をかきながら、だるそうに言った。

・桜井ワギの自白

リエねえ。

正直あんま思い出したくないんだよな。面倒くさかったからさ、あいつ。

美人は美人だよな。思わず飛びつきたくなるような感じ。一回寝てみたいって言葉がぴったりの美人。でもそれだけ。なんとなく暗い所があってさ、あんまり好きにはなれないね。華がないんだよ、華が。あと、ちょっと生意気。何ていうのかね、控え目で思わず可愛がっちゃいたくなるような女の子っていいじゃん？　リエはそういうのがないんだよね。生意気生意気。男を立てないんだよ、あいつ。

ん？

いや、そりゃ最初は好きだったよ。

最初に会った時はほんと可愛いって思ったもん。

こう細くってさあ、でも胸は大きい。そんでもって、本当に高校生かっていうくびれ。顔は芸能人級でしょ。セーラー服着てるのがほとんど犯罪的に思えたよ。

もう、すぐさま声をかけたね。オレのナンパ根性ってやつが黙ってなかった。可愛い子を見つけたらとにかく声をかけるのはオレの美学だよ。

いや、一応これも仕事なんだぜ？

実はオレ、AVのスカウトしてんだよ。何ていうか会社の役員は「お金稼ぎの仕事」って感じでね。親父がただポストをくれたから貰ってるわけ。まあ親父への義理もあるからな。ちゃんと月一回の会議には出てるよ。逆に言えばそれだけでお給料貰えるってのは結構おいしいよな。オレのメイン収入源ってわけ。で、スカウトは「やってて楽しい仕事」って感じかな。まあこれはこれで結構儲《もう》かるんだけどね。いつの間にかハマっちゃったのさ。とりあえずオレ、二足のわらじなのよ。

スカウトには色々なタイプがいるけれど、オレはナンパから入る。女の子を褒めて褒めて褒めちぎって、優しくして可愛がっていい気持ちにしてあげて、とりあえず一回ホテルに行く。それで半分恋人みたいな関係になってから、AVを紹介するんだ。「こんなに綺麗な体を世の中に出して行かないなんて、もったいないよ」とか「オレ一人でこの体を見ているなんて、恐れ多いよ。どんどん君を世の中にアピールしていこうよ」「芸能界へのステップにもなる。君のために力になりたいんだ」なんて言ってな、その気にしていくんだ。まあオレの場合、ナンパが大好きだったからな。その延長線上でスカウトの仕事もしていたのかもな。

ま、そんな感じでリエにも声をかけたってわけだ。あわよくば付き合えないかとも思いながらな。

リエは、えっらい淡泊だったなあ。「私は男には興味ない」っていう顔しててさ。オレがどう褒めても全然喜びもしないの。綺麗な女の子ほど、自分が綺麗だって自覚して努力してたりするから、正しく褒めればどんどん機嫌が良くなってくるもんなんだけどね。褒め褒め法じゃダメだと思ったオレは、やり方を変えた。ひょっとしたらお金には食いついてくるかもしれない。

「ところでお金困ってない？　儲かる仕事があるよ」

ってな感じで話を振ってみたんだ。

そうしたら、リエが何て言ったと思う？

「そんなにいい仕事を紹介するあなたの仕事は、もっと儲かるんでしょうね。あなたの仕事の方を、やらせて」

だってよ。

面白いよな。確かにスカウトマンは実入りがいい。少なくとも、ＡＶ女優よりは儲かることの方が多い。腕さえあれば、って条件がつくがな。いきなりそれを見抜いて、しかもそっちをやらせてと言ってくる女なんて初めてだった。まあ驚いたよ。

「私、確かにお金に困っているわ。だから一生懸命働く。私、そこそこできると思うの。ねえ、私にやり方を教えてよ。歩合の何割かをあなたに渡せばいいでしょう？　あなたでは警戒されてしまうような相手でも、私だったらスカウトできるかもしれないわ」

ちょっと生意気だとは思ったよ。そう簡単に、スカウトマンになれると思われちゃあ困る。そんなオレの気配を察したのか、今度はリエがオレを説得し始めた。

「私に少し教えるだけで、永続的に利益が出るかもしれないでしょう。あなたにデメリットはないわ。私が実際にスカウトした人は、必ずあなたを通してから紹介するようにする。そうすれば、あなたもきちんと私の仕事をチェックできるし、利益を取りっぱぐれる心配もない。いいことずくめなんじゃないかしら」

理屈で来るとはね。女の癖に生意気だ。でもその生意気さがまた、オレの心をくすぐったね。キュンときた。世間知らずな女の子が精いっぱい虚勢を張る。たまらない。やらせてみるのも面白い。何よりここで断ったら口説くタイミングがなくなってしまう。スカウトを教えてやるという形にすればその間にゆっくり口説けるさ。もしかしたら、こいつが失敗をしたところでオレが助け船を出してやれば、オレにいっぺんに惚れるかもしれない。

なーんてね。

まあ、そんな気持ちでOKしたわけよ。

普通だったらスカウトの方法を教えるだなんて、そんな面倒なことしないけどね。リエだったからオレもちょっと優しくなっちゃったのかな。

しかしまありエの奴が結構これで優秀なんだよね。

最初のうちこそ苦労していたみたいだけど……少しコツをつかんだら次から次へと勧誘してきた。そうだな、月に数人はスカウトしてきたんじゃないかな。ちゃんと学生もやりながらでそのスコアは、なかなかに優秀だろ。あっという間に教えることなんかなくなっちゃったよ。

オレ？　オレはまあ当てが外れたよな。

口説くタイミング失っちゃったわけだからさ。

女はね、ノリノリな時はダメなのよ。オレが狙っても惚れさせられない。ちょっと悩んでいる時だとか、困っている時がいい。自信を失っている時ってことな。そういう時に優しくしてもらえたり、頼りになったりする男が気になってきちゃうもんよ。え？　違う？　オレの持論さ、放っておいてくれよ。

それでもスカウト状況の確認という名目で定期的に会ってはいたし、まだチャンスはあると思ってたんだよね。リエがスカウトしたマージンは順調にオレに入ってくるし、それはそれでありがたい。まあいい関係だったんよ。

そう、そしたらさあ。

まさかの出来事発生だよ。リエに彼氏ができちゃったんだ。

あいつ、男に全然興味なさそうな感じだったのに、やることちゃんとやってんのねって
……まあオレは憤慨したよ。

「今日は彼氏と予定があるので帰ります」

って言われた時のオレのショック、わかる？　男に心を開かない女の子がいてさ、その子の最初の男になるために、オレはゆっくりと時間をかけて付き合っていたと。そうしたら全然知らない男と付き合っちゃった、みたいな。そりゃあ頭に来たさ。悔しいよね。意地でも寝取ってやりたいよね。

そっからはもう、意地の世界だよ。

言っちゃあなんだけどオレってそこそこかっこいいだろ？　それでいて、親父がでかい会社やっているから金もポストもある。マンションだっていくつか持ってるし、車もいっぱいあるんだ。おしゃべりも上手じゃん。ＡＶのスカウトまでできちゃうなんて、ほのかに危険な香りまでしちゃって素敵だろ。そうそう、モテるんだよオレ。女に苦労なんかしたことないんだ。そのオレがさあ、こんなわけのわからん形で一人の女から退却するなんて認められないわけよ。

リエくらい可愛い子なんて他にもいるし、高校生とヤリたければいくらでもそこらから拾ってこれる。でもな、そういう問題じゃない。ここで食い下がったら一生悔しい思いをするってやつだ。これはオレなりのプライド。オレなりに譲れない生き方。男はプライドで生きてるんだよ。目の前にある山を登るのを諦めちまったら、一生それ以上の高さの山を登れなくなっちまうのさ。

ま、世の中にはそんなプライドも持たずに生きている奴もいるらしいけどねえ。

オレは絶対リエを惚れさせる。その時、そう心に決めたのさ。

まず最初にやったのはリエの身辺の調査さ。リエの家族構成とか、今までほとんど知らなかったんだよ。興味もなかったしな。聞いていたのは、せいぜい弟がいるってことくらいだ。

でもそこでオレは凄いことを見つけちまったんだ。

弟を養う金をリエが稼いでいることにもびっくりしたが、一番驚いたのは義母のことだな。ああ、ヨリコだよ。こいつさあ、ホスト狂いな上に浪費家なんだよね。しかもなぜか不倫しちゃうんだよね。妻がいる男ばっかり好きになる癖があって、相手にプレゼント貢ぎまくっちゃう。そんでもって趣味はパチンコ。当然借金三昧《ざんまい》なわけよ。で、これ偶然。ほんと偶然なんだけど利用している消費者金融が、うちの系列会社だったのよ。いやあ嬉しかったなあ。自分の運の良さに驚いた。これは利用しない手はないよね。

さっそくリエに言ったよ。

ヨリコの借金のこと、膨れる一方になっていること、返済が滞っていること。このままだと怖ーい取り立て屋さんが来ちゃうってことをね。てっきりリエは取り乱すと思ったんだ。どうしたらいいのって泣きだして欲しかったんだよね。そうしたら、オレが系列会社の役員であることを切りだして、コネを使って何とかできるよって助け船を出せるからさ。

でもあいつ、きっとオレを睨んで言うわけよ。

「私が、返済します」

ってさ。生意気じゃん。

「ワギさん、私がスカウトの仕事で稼いでいるのは知っていますよね。私、実績があります。今まで以上に働いて、稼いで、返します。なのでお願いです、母をこれ以上追い詰めないでください。ホスト遊びも不倫もパチンコも、やめてもらうように私から言います。

母さんをこれ以上苦しませないであげてください」

そんな回答、予想していないわけよ。考えてみ？　まだ高校生なんだぜ。周りの子が部活だゲームだ初体験だって言ってる中で、それさ。おいヨリコ、お前知ってた？　さっきは偉そうにしゃべり散らしていたけれど、お前の借金はリエが返済してたんだぜ。なのにそんなリエを殺したくなっちゃうだなんて、本当に馬鹿だなあ。お前、リエに頭が上がらないんじゃねえの。

とにかくそう言われちゃあ、こっちもどうしようもない。

向こうから頭を下げて、助けてくださいと言ってくるのを待つしかない。まあ、まだ追いつめ方が足りなかったってことだな。リエってやつを少し見くびっていたよ。

それからリエのスカウトのペースは上がった。AVだけじゃなくてキャバクラ、風俗のスカウトも兼ねるようになった。これはその方が効率がいいってオレが教えてやったのさ。相手の反応を見て適切な職業を薦めた方がずっと成功率が高いからな。オレ優しいよね。

あいつすげーよ。

部活も適度に出ながら、学校もちゃんと通いながら、弟を養いながら、オレと遜色《そんしょく》ないくらいに働いたんだぜ。あり得ないね。オレだったら絶対、どれかサボる。少なくとも弟なんか見捨てればいいし、母親の借金だってどうでもいいじゃないか。実の親だっていうんならまだしも、正式に結婚もしていない義母なんだぜ？

どこまで意地っ張りなのかよくわかんねーけど、とにかく凄いわ。

あいつさー、自分が人と仲良くなれないって思いこんでる節があったからな。確かに色々と不器用なんだけどよ。その分一生懸命だったのかもな。誰かを幸せにすることに。

まあしかし、オレは当初の目的は忘れない。リエの様子を見ながらちょっとずつ追いこんでいった。簡単なのは、ヨリコにどんどん借金させることだな。あいつ、リエが払ってくれていることなんか知らないから、平気で借金を繰り返すんだよ。いや、知っていても同じだったかな？　とにかくオレはヨリコとまめに連絡を取り、優良な消費者金融を紹介すると言って、借金の総額を増やしていった。紹介する会社も系列会社なんだけどな。名前が違うだけの。裏で繋がっているのはよくある話よ。あ、ごめんヨリコ。ちょっと怒ってる？　そうそう、オレ実はそういうことしてたの。親切な金融会社の人って思ってくれたのかな。ちゃんと自白したから許してよね。

返済額の総計はどんどん増えていく。さらにオレはリエがスカウトでオレに払うマージンを少し、上げた。雇い主がスカウトマンに払う金額が少なくなってしまったということにしてな。

だんだんリエの顔色が悪くなっていくのがわかったぜ。

返すべき借金は増え、稼ぐ金は減る。

最悪の状況さ。

どんなに強い人間でも、いつか限界が来る。それが百万なのか一千万なのか五千万なのか。その額が人によって違うだけだ。金額換算される人間の意思の力。オレはリエの意思が「いくら」なのか、調べている。

オレは注意深くリエの様子を観察していた。

ため息の数が増えたり、目の下にくまができたりしてきた。

オレは頃合いだと思ったね。


ある日リエを呼びだした。

表向きは、最近元気がないみたいだから食事でもどうだいという形で。

リエは疲れた瞳をしていたな。それでいて何か思いつめているような感じでさ。まさか自殺とか考えてねーよな。死なれたら、すべて台無しだ。死によって人間は手の届かない所に行ってしまう。リエはオレにとって永遠に手に入れることができない女になってしまう。勝ち逃げされるようなもんだ。それだけは避けなければ。

「リエ、お前最近元気ないな」

「いえ、そんなことないです」

そう言いながらも、リエは目の前のビーフステーキに手をつけようとしなかった。食欲がないらしい。オレはおかわりしちゃったけどね。肉、大好きなんだ。

「借金の返済は順調か？」

「はい」

違う。

　オレは明細を見ているから知っている。ヨリコの借金するペースと利子。それがリエが毎月払う金額をやや上回り始めていた。このままでは一生借金を返し終わることはない。リエはがけっぷちに来ていた。

　それでもリエはオレに弱みを見せない。その心の強さは本当に凄まじい。まあ、だからこそぽっきり折った時に達成感があるわけだけどね。

「お母さん、借金を増やしているそうじゃないか」

「……？　どうしてそれを……」

　ここの詰めを誤るわけにはいかない。オレは心の中で舌舐《な》めずりをしながらも、集中力を切らさぬように注意した。

　獲物は網にかかっている。その柔らかい体を両手で捕まえるだけですむ。しかし、強く摑んではだめだ。抵抗される。骨が折れてしまう。味が悪くなる。ゆっくりと抱きしめるように締めつけていくんだ。体には傷をつけず、服従させていかなくてはならない。獲物は静かに追いつめられて、気づけば四肢が動かなくなっている……。それが理想だ。

「あれ、言ってなかったっけ。ヨリコさんが使っている消費者金融、うちの系列会社なんでね。人づてに聞いたんだよ」

「系列会社……？」

「オレ、親父の会社の役員やってるんだ。簡単に言えば、その消費者金融はオレの部下だってことさ」

「そうなんですね」

リエの顔が驚きに満ちていた。

オレはたたみかける。

「だからもしちょっと辛いとか、ペースがきついとかあったらオレに相談してくれたらいいよ。何とかできるかもしれないからね」

「本当ですか」

食いついてきた。

「そりゃそうさ。オレに逆らったらあそこは経営していけないんだからね。遠慮せず言ってくれればいいよ。借金をチャラにすることだってできるかもしれない。まあそれはいいや。今日、この後素敵なバーを予約してあるんだけどさ、一緒に行かない？　夜景が綺麗なんだよ」

最後まで助け船は出さない。舟があることを見せるだけだ。よく見せて、素敵な舟があることをしっかりと相手に理解させる。それでいて、乗っていいとオレからは言わない。タダじゃないということさ。オレに助けてほしかったら、何をするべきかを遠まわしに伝えてやるんだ。

リエは少し悲しそうな顔で、それでいて何かを決意するような目で下を見つめている。

しばしの沈黙が流れた。

首に縄がかかった感触が手に走る。オレは次の言葉を待つ。

「……ワギさんは、私が好きなんですか？」

「好きだよ。何度か言っているじゃないか。付き合いたいってね」

オレは余裕の笑みを崩さずに言う。

「本当に……？」

「本当さ。君と一生、一緒にいたいと思っている」

オレはここぞとばかり最上級の表現を使っていく。

「一生、ですか」

「ああ」

「結婚するってことですか？」

リエがオレをまっすぐに見つめて言った。鋭い目だった。オレはその中に決意と恥じらいと、勇気があるように思えた。

ちょっと言い過ぎたかな。ほとんどプロポーズのような表現になってしまっていた。正直結婚したいわけじゃない。何回か一緒に寝たいだけだ。だが、正直に言うわけにもいかない。ここはこのまま行こう。結婚したいと思っていることにしよう。後から撤回はいくらでもできるさ。

……とはいえオレは、しっかりと考えたようなふりをしてタメを作り、言う。

「ああ。結婚しよう」

リエが少しだけ、ほんの少しだけ笑った。

「……私もワギさんが好き。結婚してください」

届した。

「……バー、付き合ってくれるね？」

ついにリエが屈した。

「……はい」

その瞬間の気持ちよさったらなかったね。

これを味わいたくて、ナンパをしていると言っても間違いじゃない。攻略が難しい女ほど燃える。そして、相手を落とした時の快感ときたら。オレが世界で一番素敵な人間だと確信できるような、そんな幸福感さ。

しかもリエには彼氏がいるんだ。つまり、略奪ってわけ。略奪愛、最高だね。相手の男と喧嘩して勝つよりもスカッとする。元の彼氏がどう思うか知らないけれど、一生の傷になるはずさ。自分が愛した女が、自分を選ばなかったという事実。自分よりも優れた男がいたという現実。

ざまあみろ。

んあ？　リョウ君？　ごめんねー。

……ってまあ、ここまでは最高だったんだけどな。

よく言うじゃない。欲しいものって手に入れる瞬間までが一番だって。手に入った途端に、なんだか色あせてしまうことがあるんだよね。

リエはもう、本当にその典型のような奴だったなあ。あいつ、面倒くさいんだよ。リョウ君はよく付き合っていられたね。

そうそう、そのプロポーズの当日さ。バーに行った後にホテルに誘ったわけよ。結婚を互いにOKするような男女でしょ、問題ないかと思ってさ。ていうかさ、男だったら当然そういう気持ちになるよね。リエは一応ついてきたよ。だけどね、オレがその気になっているのに指一本触れさせてくれないの。ひどくない？　男がそういう気分になったらなかなか我慢できるもんでもないじゃん。少しはそういう所を理解してくれたっていいじゃん。だけど、完全に拒否なんだよ。結婚するまでは処女でいたいんだと。今どきそんなことを言う女がいるなんて信じられないね。

「君がそういう考えなら、尊重するよ」

オレはそう言ったけど、正直イラッときた。こちとらそれが目的でここまで頑張ってきたようなもんなんだからね。

もう何かすげえ嫌な予感がしたんだよ。

予感は当たったね。

もう、本当に面倒くさいんだこいつが。「結婚するんだから借金や、弟の学費も相談させてね」とか、「母さんを幸せにしてあげるために、家が欲しい」だとか。いちいちオレに言ってくるんだよ。そんでオレが「そのうちなー」とかってはぐらかそうとすると、

「具体的にいつ考えてくれるの？」と、こう来る。はっきり言ってやってられないよ。

オレはさあ、もっと自由でいたいわけ。縛られたくないんだよ。こんな細かい奴が妻になったりしたら、疲れちまう。オレが欲しい嫁っていうのはな、オレがどんだけ自由にやっていてもニコニコ許してくれて、家に帰れば温かく迎えてくれる。飯も出してくれるし、風呂も用意してくれる。必要な時に必要なだけ寝ることができて、オレの仕事の邪魔はせず、適度にオレに嫉妬してくれるけれどある程度以上干渉しない、そういう嫁がいいんだよ。

もうリエなんて、正反対だね。

理想を求めすぎって言うかもしれないけどさあ、リエはあまりにもかけ離れてるんだよ。オレに何かしてくれって、そういうことばっかり言ってくるんだもの。可愛いことと若いことだけはいいけどね。正直疲れちゃうんだよ。

そんなわけで、もう早くもオレはリエに興味なくなっちゃった。

一度興味がなくなると不思議なもんだな。ちょっと顔合わせるだけでも不快。人間の感情ってのは残酷だね。オレはリエを避けるようになった。前はリエを手に入れるためだったら何を支払ってもいいなんて思っていたが、今となってはリエのために一円でも払うのが嫌になってきてしまった。

しかしリエの方はそれを理解していないんだろうな。しつこいんだよ、いつ借金を綺麗にしてくれるのって。借金？　知ったことじゃない。お前らの家の問題だろ。オレを頼んなっての。

どこかで諦めてくれるのを待っていたんだが、リエの奴なかなか諦めないんだ。しまいにはオレを脅迫するような真似までしてきやがった。早く借金をなんとかしないなら、婚約という言葉をいい加減に使う男だって言いふらす、そうオレに言って来たんだ。さすがにそれはオレも困る。その辺の人間にどう思われようが別にかまわないんだが、親父の耳に入ったらまずい。親父は古い人間だから、その辺厳しいんだよな。他のことで多少オレが遊んでいても笑い飛ばしてくれるんだが、約束を守るだとか、嘘をつかないだとか、そういうことにやたらと厳格なんだ。頑固いわけよ。

しかし、リエの奴は完全に世の中なめてるね。オレを敵に回したらどうなるかってことを理解していない。オレはそれで完全にキレたわけよ。そっちがそのつもりなら、きっついお仕置きをしてやろうってな。まあ、簡単に言えば殺しちゃおうって思ったの。オレのものに一度はなったわけだし、もうこいつに未練はない。

こういうの、可愛さ余って憎さ百倍とか言うのかな？　ちょっと違う？　まあどっちでもいいか。

君たちのような凡人と違って、オレは殺すのにもちゃんと計画を立てるぜ。と言っても、大した計画じゃないけどな……。要するに、みんな困るのが死体の処理方法なわけだろ？　死体の一部が処分しきれずに見つかったりして、発覚するわけだ。だからさ、死体を完璧に処理しちまえばいいいんだよ。それで、後は適当に偽装してしまえばいい。それなら失踪事件どまりさ。完全犯罪ってわけ。

知ってるか？　事件性が見られない失踪事件の場合、警察は捜査なんかしないんだぜ。家出とかいちいち調べている余裕ないからな。ゆっくりと人々の記憶から消えていくだけだ。

年に何件くらい、失踪事件に偽装されて人が殺されてるんだろうな。中には失踪事件に見せかけようとしてバレて、捕まっちゃう犯人なんかもいるんだろうけどなあ。そういうのは結局、素人よ。

オレはプロに頼むね。

スカウトマンなんかやってると、自然と変な知り合いが増えるもんなのよ。その中に、死体の処理が仕事の奴がいるんだ。プロよプロ。専門家だもの。状況によって値段は変わるらしいが、一人分数百万くらいで請け負ってくれるんだよ。同時にたくさん頼めば、割引もあるんだってさ。どんな方法でやってるのかちゃんとは聞かなかったが、なんか業務用の機械でコナゴナにして、動物に食わせるとか言ってたな。そんな方法、個人じゃとても無理。プロにまかせんのが早いよ。

オレはその知り合いに連絡を取って、日程の当たりをつけた。不思議なことに死体処理の仕事にもシーズンがあるんだってな。この月は多いとか、この月は少ないとかさ。人間の殺意が湧きやすい季節とか、トラブルが起こりやすい時期とかあるんだろうね。今は比較的暇だから、大抵大丈夫とのことだった。友人特別価格で三十万引いてくれたよ。持つべきものは友達だよな。

後は簡単。予定だけその知り合いと決めておいて、その日に殺せるようにうまくやるだけ。ちょうどリエの奴がその予定の日にデートしたいと言ってきたから、渡りに船って奴だよね。どうせデートだろうと何だろうとリエが言うことは決まっている、「借金の話をいつ考えてくれるの？」

だよ。

その話もこれで最後だ。そう考えると胸がスッとしたね。

そう、まあわかってると思うけど、その決行日ってのが昨日だったわけ。

場所はとあるペンション。誰も見てやしないから、最高の状況だよな。わざわざこんな所まで出てきてくれるだなんて、リエのバカっぷりに笑いが止まらなかったよ。まさか殺されるだなんて思ってもいなかったんだろうなあ。

ぶん殴った瞬間もそうだったもの。何をするの？　って驚いていた。まあ、今更悔やんでも無駄さ。オレは金属バットで何度も何度も殴りつけたよ。一発で仕留めるつもりだったんだけど、結構時間がかかったな。でも掃除がしやすい方がいいと思ってさ。刃物とか使うと血がいっぱい出るだろ。クリーニング代が大変だ。口止め料もいる。死体処理にすでに相当お金がかかってるのに、これ以上かけらんないよ。これ、賢いお金の使い方ね。

それでも殴っているうちに、数発が急所っぽい所に入ってさ。ぴくぴく震えるだけで動かなくなったんだよ。スカッとしたね。

こんだけオレのことを振りまわしていた嫌な女がいなくなったんだ。オレがせっかくホテルに誘ったのに、断ったバカな女がさ。これでまた明日から楽しく生きていける。最高の気分だったよ。

まあ、ヨリコの借金を返す奴がいなくなったのは残念だけどね。それは厳しく取り立てちゃうしかないね。もしかしたら、弟君がリエの後をついで払ってくれるかもしれないし。あ、そうだ。それでいいじゃん。弟君に払わせればいいんだよ。「お前の姉ちゃんはずっと払ってたぞ、それをお前だけ逃げるなんてことできるのか」って感じで言えばいいんだ。あの糞真面目な血筋だもん、払うんじゃね？

そうだそうだ、そうしよう。

あーよかった。これでお金のところも解決だ……。

「もういい」

僕はワギの話を遮った。

僕が立ち上がった椅子の音が、静かになった会議室に響き渡って消えて行く。

ワギが怪訝な顔で僕を見る。

「何だって？」

「もういいって言ってんだよ」

「オレの話がか？」

「そうだよ。それ以上くだらないことを言うようだったら、僕はお前を殺す」

ワギは目を細める。口は笑っているが、瞳は笑っていない。

「何か気に障ることでもあったかい？」

「あったさ」

僕はポケットの中の折りたたみナイフを取り出した。刀身を柄から引き出してワギに向ける。証拠品として持ってきたナイフには血がまだ付着していた。室内にざわめきが広がった。ナイフを握りしめると、体に力が漲《みなぎ》ってくるのが感じられる。

「リエは僕の恋人だったんだ」

「知ってるよ。その後にオレのフィアンセになったけどね」

「リエはいい子だったんだ。不器用で思い込みが激しくて、後ろ向きな所もあるけれどいい子だったんだ。あの子は一生懸命だったんだ」

僕の声は震えた。

僕は許せなかった。目の前でニヤけている男が、どうしても許せなかった。

こいつが。こいつが。こいつがリエを殺した。そう思った。

もう僕のするべきことははっきりしていた。僕には全てがわかっていた。足りない情報はもうなかった。

ワギ。

全ての元凶はこいつだ。

お前が壊した。お前はリエを追い詰めた。自分勝手な理由でリエの世界を押しつぶした。僕とリエの関係を破壊した。リエの体を破壊した。何が死体処理の友人割引だ。ふざけるな。そしてリエの弟をも追い詰めようとしている。

こいつが悪かったんだ。僕の憎しみはこいつに向けられるべきものだったんだ。

「ワギ。お前のせいで、リエは死んだんだ」

「何言ってんだ」

ワギが笑う。

胸ポケットに手を突っ込みながら、言う。

「リョウ、お前はリエを刺し殺したんだろ。自分で言っていたじゃないか」

ワギが取りだしたのはアイスピックだった。どこかで見たような形状。なぜそれがお前の胸ポケットに入っている？

「確かにそう言ったさ。僕はリエが好きだったから、裏切られたのが許せなかったんだ」

「だったらオレもお前も同罪だろ！　お前だってリエを殺した犯人なんだ。オレのことを批判する権利なんかないんだよ」

そんなの関係ない。

確かに僕は憎しみを向ける相手を勘違いしてしまった。それ自体は僕の罪だ。

ワギのことをその時は知らなかったから、リエを殺してしまった。だけどそれは関係ないんだ。僕がリエのことを好きだという気持ちに、何の関係もないことなんだ！

そう。

僕はリエのことが好きだ。好きだからあの憎しみが生まれたし、殺意も生まれた。

僕はずっと好きだったんだ。好きな気持ちに最初から最後まで変わりはなかった。

もうリエは帰っては来ない。

悔やんでも悔やみきれない。僕がこの手で殺したんだ。

だけど、できることはある。

裁くことだ。

僕はこの手で、リエを殺した犯罪者を裁いてやる。リエのことが好きだから、リエの代わりに裁くことができる。ワギと僕が同罪だって？　ワギと僕がどちらも同じような殺人者で、僕がワギを裁く権利なんてないって？

ある！

僕はリエを愛している。ワギはリエを愛していない。これは決定的な違いだ。同じ殺人者なんかじゃない。リエを愛している僕には、リエを愛さなかったワギを裁く権利があるはずだ。きっとある。誰がそれを決めてくれる？　いやもう、僕が今決める。僕にはワギを裁く権利がある！

「ワギ、お前はリエを苦しめた。苦しめて、そして殺した」

「だから何度言ったらわかるんだ。リョウもオレも。いや、この部屋にいる全員はリエを苦しめて殺してるんだ」

知っている。僕は許されないことをしてしまった。

リエのことが好きだったのに、リエを守れなかった。

カナミの言葉が思い出される。

——誰が犯人ということにするのかを「決める」ミーティングだよ。誰が犯人かを「明らかにする」ミーティングじゃ、ないんだ——


そうだ。

僕がリエを殺したとか、ワギもリエを殺しただとかはもう関係ないんだ。誰に罪を負わせるか。そしてどう償わせるか。どう裁くか。それを決めるべきなんだ。

僕はワギを死刑にする。

こいつは悪だ。こいつが真犯人だ。こいつさえいなければよかったんだ。

そして、そして僕が。

僕がもう少しだけ強かったらよかった……。

リエが僕に別れを切り出した時、リエが僕に嫌われようとしていた時、僕がリエの真意に気づけていたら。リエの中にあった、ケーコとのこと、カナミとのこと、川西とのこと、ヨリコとのこと、そして……ワギとのことに気づけていたら。リエが自分の悩みを相談できるくらい、リエから信頼を得られる男でいられたら……。こんなことにはならなかったかもしれない。

僕が強ければよかったんだ。僕の弱さがリエを殺した。

僕もまた、真犯人だ。

真犯人は二人いる。僕とワギだ。

僕は執行人としてワギを殺し、そして自分の命も絶とう。それでこのミーティングは完結する。目的は達成される。

良かった。このミーティングがあって良かった。もしリエを殺した後、一人きりで逃亡生活を送っていたらどうなっていたのか。きっといつまでもモヤモヤしていただろうな。リエのことが好きなのか嫌いなのか中途半端な気分のまま、僕は魂が抜けたようになっていただろう。こうしてみんなの自白を聞いて、自分の気持ちに気がつけてよかった。

僕はこれからワギを裁く。その後、僕自身を裁く。

それで僕はすっきりして、満足な気持ちで死ぬことができる。リエの元に行くことができる。自分の気持ちを誤魔化さず、欺瞞せず、素直な気持ちで安らかに眠ることができる……。

「え？　泣いてんだ、お前？」

僕の目からは大粒の涙がこぼれていた。

熱い熱い涙だ。

まるで炎が目から噴き出しているよう。

僕の心の中で何かが吹っ切れ、リエとの思い出があふれ出してきていた。

リエと初めて手を握った時、リエの手は凄く温かいと思った。リエと初めてキスした時、リエの唇はとても熱いと思った。同時に自分がひどく冷たかったことに気がついた。僕の体は冷たい水銀の流れる機械で、一人ぼっちでは無意味に海に浮かんでいる北極の氷みたいな存在だ。リエと一緒にいると、彼女の体温が僕の中に流れ込んでくる。そして心臓が高熱を発して脈動し、血は熱湯のように血管を泳ぎ回り、僕の体は燃えはじめる。

太陽のように！

そんな気持ち、初めてだった。そんな感覚、初めてだった。

リエを好きでいると自分自身が強くなる気がした。リエのためだったら何だってできる気がした。それだけのエネルギーが僕の中に満ち溢れていた。プレゼントのために朝から晩までバイトすることができて、二人でどこかに行くための計画を何通りも考えることができて、そして……リエを殺すことだってできてしまったんだ。

熱い、熱い涙だ。リエを想う気持ちが目からあふれ出てきて止められない。この熱さだ。この温度だ。この温度が僕の中にあったんだ。

僕はリエが好きなんだ！

「うるうる泣いちゃって、まあ。何考えてるのか知らないけどね。どーせ、自己満足なことでも考えて、自分に酔っちゃってるんでしょ。そんなんでナイフ向けられてもこっちはちっとも怖くなんかないぜ」

　ワギがへらへらと笑う。

　僕は涙を手でぬぐう。そして、ワギをしっかりと視界におさめる。

　もう絶対に忘れない。リエを好きなことを忘れない。忘れないで、僕はワギを殺す。

「ワギ！」

　僕は目の前の椅子を蹴り飛ばし、ナイフを振り上げ、ワギの腹目指して突っ走る。

　ワギの体が僕の視界の中でどんどん大きくなっていき、そして……。

　僕の体に激痛が走る。

　さっとワギが片手を引く。僕の右肩と鎖骨の間からアイスピックが抜かれてワギの手に戻るのが見えた。

「ちっ、首は外したか」

　ワギが持つアイスピックに赤く血が残っている。右肩を刺された。痛い。激痛が僕の中を駆け抜ける。焼けるような熱さだ。僕は左手で傷口を押さえる。指の間から生ぬるい血が流れ出してきて、気持ちが悪い。僕はナイフを握った右手に力を込めてみる。ナイフはまだ持てる。右腕は、まだ動くぞ。

　右肩から熱がどんどん抜けていき、脳が冷たくなってくるような感覚がある。落ちつけ。出血はそんなにひどくはない。気が遠くなっている場合じゃないぞ。歯をくいしばれ。まだ勝負はついていない。さっきは興奮して何も考えずに突進してしまった。ワギの方が冷静だった。だから肩を刺されたんだ。これじゃダメだ。我を忘れて簡単に暴走するような男だから、リエを守れなかったんだ。落ちつくんだ。

ダメならやり直す。何度でも。

諦めるな。

「次は外さないぜ。動脈を刺す。オレの方がずっと喧嘩慣れしていることくらい、わかるだろう？　オレもやんちゃしてきたからねえ、それなりの修羅場はくぐってきてんだよ」

ワギが冷たく微笑んでみせる。

確かに相手は喧嘩慣れしている。戦い方を理解している。右手にアイスピックを持ち、その柄尻を左手のひらで押さえるようにしながら胸の前あたりで構え、先端をこちらに向けている。なるほど隙の少ない構えだ。僕は敵ながら感心する。あの構えなら最速で突きを繰り出せる。

動揺するな。

死ぬ気でやれば、僕にだってチャンスはある。

さっきはナイフを振りかぶったのがまずかった。右手でナイフを振りかぶって突進すれば、隙だらけになる。そんなやり方じゃダメだ。振りかぶって切断しようとするんじゃない。まずは刺突だ。ナイフを真っ直ぐに相手に突き刺すんだ。

「リョウ！」

カナミの声か。

「やめて！　何考えてるの！」

カナミが僕の前に立ちはだかった。

「ひどい、こんな大けが。ワギさん！」

カナミは僕の傷口を押さえる。その両手にべったりとこびりつく血に、一瞬蒼白《そうはく》になる。が、すぐにハンカチを取り出し、細長い形にたたみはじめた。どうやら簡易の包帯を作ろうというつもりらしい。そんなカナミの姿を視界の端で見ながら、僕とワギはお互いの目線を外さない。構えた刃物も下ろしはしない。

「あ、あの……喧嘩は止めた方がいいですよ。話し合いましょう」

おろおろしながらも川西がワギの前に進み出た。一応、警察官としての仕事を果たそうというのだろうか。

「がっ」

川西が顔を押さえて倒れた。長身がくの字に折れ、そして崩れ落ちる。ぽたぽたと床に血が落ちるのが見えた。

「邪魔だぞ、お前」

ワギが吐き捨てるように言う。僕から一秒たりとも視線を外してはいない。

一瞬だった。一瞬で、ワギが川西を刺したに違いない。どこを刺されたのかは見えなかった。しかし、顔を押さえている所から見て、顔面の急所を刺されただろうことがわかる。

「……」

川西は何も言わず、床に痙攣しながら倒れている。

「邪魔だって言っただろ？」

ワギが寝ている川西の腹を蹴りつける。一切の容赦がない蹴りだった。見ているこちらの息が止まるほどの。川西は苦しそうにしながらも、転がるようにしてワギと僕の間から脇へと退いた。

僕はごくりと唾を飲み込む。

こいつは強い。

危険だ。アイスピックは巨大な鉄針。普通の人間なら、それを人体に刺し込むことを考えただけで身震いが起きる。その針をワギは躊躇なく人間に突き立ててしまう。ワギは、本当に人間を殺すことができる男だ。

僕はリエを刺し殺したとはいえ、抱きしめながら無理やりに刺しただけだ。リエの顔も、刺しこまれる傷口も、見ないようにして知らないふりをして、刺した。

それは刺すのが怖かったからだ。

僕自身が凶器を振るうことに耐えられないから、自分をごまかしながら刺したんだ。自分をごまかさないと僕は刺せない……。さっきみたいに興奮してがむしゃらに突っ込んだのもその好例だ。そうでもしなけりゃ、僕は人に対してナイフが使えないんだ。

それじゃ勝てない。

ワギには勝てない。

相手の隙を冷静に見極めて、正確に急所を狙って生命活動を停止に追い込む。そういう作業が必要なんだ。

「もうこれは止められないんだよ。リョウの目を見ろ。あいつはオレを殺すか、もしくは自分が死ぬかしない限り止まりはしない。まあ、理不尽だよな。これはする必要のない喧嘩かもしれない。どう考えたってオレの反論の方が正しい。リョウもオレも殺人者。そのリョウが、オレを殺人者だと罵って武器を向ける。無茶苦茶だ。殺人者同士がお互いを裁くだなんて変な話だ。だけどな、どうもリョウの中ではそうじゃないらしい」

ワギは僕に先端を向けたまま、慎重にポケットからティッシュを取り出す。

「でもな、そんなことでオレは動じないぜ。相手を理屈で説得できない時は、違う手段が必要だってことはよく知ってるんだよ。実力行使だ。暴力で言うことを聞かせる。こっちの方がずっと早い。借金をいつまでも返さずに逆切れする奴も、いざＡＶの撮影現場で逃げ出そうとする奴も、オレは実力行使で言うことを聞かせてきた」

ワギの手はまるで精密機械のように静かに動き、ティッシュでアイスピックの血糊《ちのり》をぬぐっていく。白いティッシュはたちまち赤に染まり、鈍い黒色をしていた刀身は銀の輝きを取り戻した。

「リョウ、お前はオレには勝てないよ。甘ちゃんの大学生ごとき、勝負にならねえ。次の一撃だ。次の一撃で、お前の急所を貫く。お前は何もできず、血反吐《へど》にまみれながら床に転がるんだ。せっかくだから、楽しませてくれよ」

ワギはティッシュを床に落とした。ティッシュは血を吸った部分を下にしてはらはらと落ちていく。

　動じるな。

　ワギは僕を威嚇しているんだ。僕の心を揺さぶって、戦況を有利にしようとしている。

　ワギは確かに強い。だけど刃物を持った男同士、その一撃で相手の命を奪えることには変わりはない。そんなに力の差はないはずなんだ。気持ちで負けちゃダメだ。

「死体処理をしてくれる友人も、同時に処理する死体の数で割引をすると言っていたからな。ディスカウント。いいねえ、商売人だねえ。死体が増えたって問題ない。いや、むしろ余計な奴は全員殺した方が面倒事がなくなっていいかもな」

　ワギは冷たい笑顔を絶やさない。凶器を改めて構えなおすと、僕の方に向けて一歩踏み出した。

「リョウ……」

　カナミが震えている。カナミがハンカチで作った包帯を僕の肩に巻いてくれた。包帯は湧き出てくる僕の血ですぐに湿っていくが、多少痛みが和らいだような気がする。気分の問題だろうか。

「カナミ。そこをどくんだ。ワギはきっと君もろとも僕を刺す。あいつは躊躇しない。そこにいたら、危ない」

「リョウ」

　ワギがもう一歩、踏み出す。

どのタイミングで仕掛けてくるだろうか。どこかで突っ込んでくるはずだ。そのタイミングはとても重要になる。だけど、先に突っ込んできてもらった方がやりやすいような気がした。今なら冷静に反撃できる。なぜかそんな自信がある。

「ワギさん」

誰かの声だ。

僕とワギは声のした方向を向かない。お互いを見つめあったままだ。カナミだけが、声に応じて顔を向けた。

「……誰か呼んだか」

「呼びました。ワギさん」

ケーコの声のようだ。

「今忙しい。後にしろ」

「答えてください。ワギさん。リエちゃんにスカウトをさせていたのは、ワギさんだっていうのは本当ですか」

「うるせーな。本当だ。オレは嘘なんか言っていない」

ワギは答える。

「じゃあ……私がリエちゃんのスカウトということにしてＡＶに志願した時、事務所の人がスカウトマンに確認する、と言っていました。あの時……事務所から連絡が行ったのは、リエちゃんじゃなくてワギさんだったんですか？」

「ん？　あ、そういえばオレに連絡来たな。ガチの女子高生来ちゃったけど、とか言ってた言ってた。ハハハ」

「そしてどうしたんですか」

「あん？　今更そんなこと聞いてどうすんだよ。……オレのスカウトだから、問題ない。進めてくれって言ったよ」

「ワギさん」

「ちなみに、そのことはリエには言わなかった。リエは友人がＡＶに出たなんて知らない方がいいだろうと思ったからさあ。ま、その代わりにスカウト代は全部オレがもらっちゃったけどね」

「さっき私が自白した時、へらへらと私の女優名を聞いたのは……」

「うるせえな。からかってみただけだよ。オレに利用されたとも知らず、悲劇のヒロインになったつもりでいる女をちょっといじってやりたかっただけさ」

「許せない……」

ケーコの低く太い声が聞こえた。

「許せない……許せない……許せない……」

歯ぎしりが聞こえてくる。

ワギは一歩引き、広く構えた。

ケーコと僕の両方を視界に収めようというのだろう。

「いいさ。許さなくていいさ。もういい。何人でもかかってこいよ。素人が一人二人増えた所で、オレにかなうわけがない。いいかお前ら殺しってのはな、その辺の人間が急に思い立ったからって簡単にできるもんじゃないんだよ。いや、お前ら全員人殺しなんだっけ？　まあいいや。どうでもいいや。来い。悔しかったらかかってこい」

視界の端で、何かが持ち上げられるのがわかった。椅子だ。ケーコがパイプ椅子を担ぎあげている。成り行きとはいえ、これはチャンスかもしれない。さすがにあのサイズのもので殴りかかられたら、ワギも体勢を崩すはず。ケーコが返り討ちにあってしまうかもしれないが、確実に隙はできる。僕のナイフがワギをとらえることができる。

ケーコが襲いかかったら、ワンテンポ遅らせて僕も飛び込む。突入角度は少しずらそう。何も慌てることはない。ワギの腹にナイフを突き立てるんだ。背中でもいい。とにかく一撃を加える。ワギも人間だ、ナイフで刺されたらひるむだろう。そうしたら胸を狙ってナイフを刺せ。横に並んでいるアバラの間を抜けるように、ナイフを横に使って刺し込むんだ。肺なり心臓なり、重要器官を損傷できるはず。躊躇するな。この一瞬だけ、勇気を振り絞れ。ワギを人間だと思うな。人形だと思え。丸太だと思え。そして静かな気持ちで刺し貫くんだ。

できる。そうさ、できる。突き刺せ。奥まで。

唸り声をあげて、ケーコが走り出した。

今だ。

僕が足に力を込めて、カナミを突き飛ばして走り出そうとした瞬間。ケーコが弧を描くようにして地面に倒れた。椅子は放り投げられ、ワギの横をかすめる。驚いた表情のワギ。ケーコの足元に何かが巻きついている。ヨリコだ。ヨリコが飛び出してきて、ケーコに食らいついたんだ。

ワギが笑い声をあげる。

「おっと！　こりゃあなんの真似だよ、オバサン。え？　傑作だ。オレの味方をしてくれるってのかい？」

ヨリコは一瞬ワギに視線を投げると、すぐに起き上がろうとするケーコに馬乗りになり、その顔を引っ掻く。ケーコも必死で抵抗し、ヨリコの髪を掴んで引っ張る。女同士の格闘戦が始まった。

「まあ、そうか。借金大好きなあんた、もう後がないもんな。返済してくれるリエはいなくなっちゃったわけだし。オレに恩を売って、コネで返済をなんとか誤魔化してもらおうってハラだろ？」

ケーコが猛禽類《もうきん》のような叫び声を出しながら、ヨリコを蹴りあげる。二人はもう女じゃない。格闘する二頭の獣だった。体格差でヨリコにやや分がある。ヨリコはケーコを押し倒すと、頭を摑んで床に打ち付ける。ケーコが悲鳴をあげる。

ヨリコがつぶやくように言った。

「あんただって、死ぬのは嫌でしょ。味方してあげる。その代わり、借金は頼んだわよ」

ケーコが傷を負ったらしい。ヨリコの顔に血の飛沫が並んでいく。

「へえ。わかった、例の会社に口利いてやるよ。もう何でもいい。お前はそのＡＶに出たバカの息の根を、さっさと止めろや」

ワギが声を立てて笑った。

今だ。

僕はカナミを突き飛ばして走った。僕の足、地面を蹴りだせ！　加速しろ。何よりも早く、早く、距離を詰めろ。さあ刺せ、刺せ、刺せ。ナイフをまっすぐに突きだして、その先端でワギの体を貫け。

ワギが咄嗟に反応してアイスピックを振る。僕の突きだしたナイフはアイスピックと衝突して鋭い音を立てた。びりびりと振動が僕の腕に走る。肩の傷が痛い。それでもナイフの勢いは止まらない。すぱっと、ほとんど手ごたえもなくワギの頬と耳を切り裂いた。

「うっ」

ナイフの思わぬ切れ味。ワギの傷口から血が噴き出る。軌道を逸らされていなかったら、致命傷を与えていたかもしれない。いい感じだ。僕にも刺せる。ナイフで刺せるぞ。

「リョウ！」

ワギが目をらんらんと輝かせながら躍りかかってくる。その顔はほとんど無表情だ。わずかに微笑を浮かべている。殺意にのみ集中した時、人はこんな顔をするものか。僕も顔面から力を抜いて集中する。

「だめ！」

あ。

バカ。

カナミ。

僕の目の前にもう一度、カナミが飛び出した。僕を守ろうとしたのか、二人を止めようとしたのか。僕の視界にはカナミがいっぱいに広がって、その後ろにワギが迫りくる。

音は一切しなかった。ワギを抱きしめるかのように立ち塞《ふさ》がったカナミの背中から、小さな銀色の点が一瞬覗いた。

「邪魔をするな」

背中から覗いたアイスピックの先端はワギの声とともにゆっくりと消える。ワギが腕を引くとカナミが崩れ落ちた。アイスピックには血が付着している。カナミ、どこを刺された。床にはあっと言う間に流れ出した血が広がっていく。凄まじい量だ。僕の足元にまで血が広がってくる。もしかして、心臓を刺されたんじゃないか。カナミは物言わず小さく痙攣している。

ワギがなおもアイスピックを突き出す。その目は僕だけを追いかけている。僕は身を縮めるようにして回避する。今一瞬、目を閉じてしまった。びびってどうする。くそ。

「くそ、お前！　どいつもこいつも！」

ワギが叫んだ。

何だ？

ワギの動きが鈍い。

ミツルだ。

ミツルが小さな体で、ワギに後ろから食らいついている。動きを止めている。ワギは後ろを向いて、ミツルを刺そうとしている。胸が隙だらけだ。飛び出せ。

僕は無我夢中で床を蹴り、ほとんどワギに覆いかぶさるようにしてナイフを突き刺した。刺さった。とても奇妙な感触が右手を貫いていく。分厚いチーズを刺したような感じと、野菜をざっくりと刻んだような感じとを混ぜて、もう少し水っぽくしたような……。刺さった。刺さった、刺さったぞ。勢い余って僕はつんのめり、床に転がる。ナイフを手から離してしまった。どうだ？　振り返る。

目の前には胸にナイフを突き立てられたワギがいる。目を見開いて、ナイフを見つめている。彼に見えているのはナイフの柄の部分だけだ。刃は完全に彼の体内に侵入している。

「どうして……？　このナイフ、オレの……」

そこまで言ったワギの口から血があふれ出した。

ワギが野獣と化した。

口から血と絶叫とを吐きだしながら、アイスピックをがむしゃらに振りまわし始めた。ミツルの背中にアイスピックが突き刺さる。ミツルが咳に似た音をどこかから出した。ワギはアイスピックを抜き取り、もう一度刺す。力任せに何度も何度も。僕の顔にまで血しぶきが走る。地獄の光景だ。何という世界だ。

だけど、やったぞ。僕はやった。

ワギを仕留めた。

ワギの出血から見て、致命傷だと思えた。鮮やかな赤い血が流れ出ている。黒い血は静脈出血で、赤い血は動脈出血。僕の刺しこんだナイフはワギの動脈をぶち抜いたに違いない。

ミツルがネジの切れた人形のように動かなくなっていくのに合わせて、ワギもまた静かに動きを止めていく。

僕はやったぞ。

立ち上がりたいのに、足がしびれたようで力が入らない。そしてひどく寒い。床に広がる血液が温かくて、これに浸かっているとなんだか眠くなりそうだ。視界の端でケーコとヨリコが首を絞め合っているのが見える。どちらの顔色も妙に青ざめていて、この世のものとは思えなかった。

お腹のあたりまで寒さが広がってきた。この寒さが僕の全身を満たした時、僕もまた死ぬのだろう。肩からはゆっくりと血が抜けていき、気が遠くなりそうになる。意識が薄れるにつれて僕と世界との境界線も薄れ、やがて僕は空間の中に溶け消えていく。

こんな死に方をするだなんて、子供の頃は想像もしなかったな。

いや、どんな死に方をするかなんて考えたこともなかった。

だから実際にこうして死を目の前に見せつけられると「ああ、これが僕の死か……」なんていう、妙な感慨がある。

でもこれが僕の死で構わない。だって僕はちゃんとミーティングの目的を達成したじゃないか。

真犯人を決めること。

それだけじゃない。僕はもっと重要な目的を達成した。

リエのことが好きだってことを、もう一度見つけだすこと。

どうしてだろう。満足感がある。

こんなんで満足していていいのか、僕？

もっと満足っていうのは、おじいさんになるまで生きて、家族に囲まれて、最後に病院でするべきものなんじゃないか。

……でも実際に、僕は満足なんだ。

本当に満足なんだ。

リエ。

君が好き。

君はもう、死後の世界にいるんだろう？

僕が殺してしまったんだものね。ごめん。

このぼやけている視界がすっかり消え失せて、世界が真っ暗になった後……君の顔をもう一度見ることができるのかな。

その時はどんな感じなんだろう。悲しい夢から目覚めた時のように、今僕の全身を支配している感覚がふっと現実感を失って、君の顔を見て安心して笑うんだろうか。さっと明るい光が差し込んで、君の顔が大きく映し出されるんだろうか。ぼやけた空間の中でふっと君にピントが合うんだろうか。

どんな形でもいいよ。

会いたいよ。死後の世界でもどこでもいい、君の顔が見えたら。僕は君に笑顔を向ける。心からの、笑顔を。

リエ。聞いていないかもしれないけど、言わせてくれ。

・藤宮リョウの自白

リエ。

ぼくはぼくは、ほんとうは……きみがすきだった。

〈第六回ミーティング終了　休憩時間：十五分〉

休憩時間になった。しかし、会議室から外に出る者はいない。かすかなうめき声がどこからともなく聞こえていたが、やがてそれも消えていく。

喫煙所、休憩室ともに誰の姿も見られない。
誰の姿も見られない。

〈榊カズヤの動向〉


オレの手が与える圧力に従ってドアは抵抗なく開いた。

ここが会議室。このペンションの中で最大の部屋。姉さん。ここにいるの？

会議室は暗かった。ドアが開くにつれて、何か不吉な空気が漏れ出てくるような気がする。この匂いは何だ？　変な匂いがする。少し生臭いような、金属質のような、奇妙な匂いだ。生物から発生する嫌な匂いに似ている。無生物から発生する嫌な匂いにも似ている。

暗い中にいくつかの影が見える。机や椅子のようだ。会議室だからそういった備品が揃っているのは当たり前かもしれない。

オレは室内に一歩踏み込む。

あれ……変だ。

この部屋の床、黒い……。

大量のペンキを撒き散らしたように床のあちこちが黒い。

途端、オレの頭から足元まで針が突き抜けていくような寒気が走る。なんだこれ。本能的な恐怖。この闇の中に、恐ろしいものが潜んでいる。見るな。見てはいけない。背中のあたりからオレの頭に向けて警告が発せられている。

見るなと言われてもだめだ。目をそらすどころか、まぶたを閉じることもできない。体が凍りついたように動かないのだ。

部屋に充満した暗黒に全身を押さえつけられているかのようだ。オレはこのままここから一歩も動けずに、何十年もの時間が流れ去り、朽ち果てて死んでいくのかもしれない。

ふとそう思った。

闇の中から小さな声がした。

「……ううう……」

人の声。

うめき声とも泣き声ともつかぬ、声。

誰かの声を聞いたのがひどく久しぶりな気がする。

自分を縛り付けている闇の力が弱まったように思えた。

動く。

体が動かせる。

オレは右手を少し上げ、壁を探った。

電気のスイッチはどこ。

ぱちりという音がして、室内に光が満ちた。


そこは地獄だった。

これが血の海というものか。会議室の床は赤黒く塗られている。綺麗に並べられていたであろう椅子は乱れ、そのうちのいくつかは倒れている。その合間にいびつな芋のようなものが転がっている。

人間だ。

お互いの首を絞め合っているもの。背中の無数の傷跡を見せながら倒れているもの。その上に馬乗りになり、口と胸から血を流しているもの。血塗れの顔面を押さえて倒れているもの。きれいにうつ伏せの姿勢で倒れているもの。そして、壁を支えに座り、肩から血を流しているもの。

誰も動かない。

ぴくりとも動かない。

おかしな姿勢で散らばっている死体たちは、それぞれが何か違うことを表現するために作られた彫刻のように思えた。

何なんだろう、これは。

現実味がない。あまりにも恐ろしい光景に頭が麻痺しているのだろうか。一歩引いて映画のワンシーンを見ているような気がしてくる。リアクションが取れない。悲鳴をあげるべきかもしれない。逃げ出すべきかもしれない。倒れ込むべきかもしれない。

しかしオレの体は動かない。

電気をつけた途端、会議室もオレも時間が止まったように再び凍りついてしまった。

「電気を消して」

誰かの声がする。聞き覚えのある声だ。オレの右手はまだスイッチの上にある。少しだけ指の力を入れよう。ぱちんと音がして、室内は再び暗黒へと返った。

「ありがとう」

声は泣き声だった。それも長いこと泣き疲れて喉は嗄《か》れ、もう涙は一滴も出ないのにまだ泣き続けている、そんな声だった。

あの死体の中に生きている人がいたのだろうか。オレは暗闇の中、目をこらす。

「休憩時間終了」

声のする方向を見る。

演台の椅子に一人、座っている姿があった。下を向き、力なくうなだれている。オレはその影に呼び掛ける。

「……姉さん……？」

〈第七回ミーティング（最終）〉

・榊リエの自白

まぶしかった。
電気が消えてくれて、良かった。良かった……。
（休憩時間終了）
さあ、休憩時間が終わるわ。
（ミーティングルームに集まってください）
ミーティングルームにみんな集まらないと。
次に自白する人は誰だっけ。
あれ？　さっきみんな死んじゃったから誰も残っていないよ。
（あなたが自白する番よ）
え？　私？
私かあ。
（そうよ。誰でもいいから、自白すればいいのよ）
なるほどね。わかった。自白するわ。
ところでさ、ちょっと質問したいことがあるんだけど。

（なあに？）

さっき電気がついた瞬間、何か変なものが見えた気がしたの。

（何が見えたっていうのよ）

いや、みんなが倒れている……ような……。

それでね、私何か思い出しそうになったの。

（みんなが倒れているのは当たり前でしょ。さっきのミーティングで殺し合いになったんだから）

そうなのかな……。

そうだったっけ？

（そうよ。さあ、早く自白しなさい。自分と話し合いをしているなんて気持ち悪いわよ？）

うん。

わかった。

これから、私が榊リエを殺した話について自白するわ。いえ、榊リエは殺し切れなかった。だから殺人未遂かしらね。

（自殺未遂でしょ）

私……榊リエは、最悪な女なの。

ありとあらゆる人に、嫌な思いをさせ続けてきたのよ。私の最も身近な感情は、自己嫌悪。物心がついた頃からずっと、私は自分が嫌いだった。人を不幸にする自分が嫌いだった。

最初は、私のお母さん。とはいえ、私を産んだお母さんじゃないけれど。本当のお母さんはずっと帰ってこないし、私にとっては今のお母さんがお母さんだ。お母さんは私のせいで幸せになれなかった、と事あるごとに言う。それがどういう意味なのか私にはわからない。私がとても手がかかったからなのかもしれない。すぐ服を汚してきたり、好き嫌いをするからかもしれない。どうしたらいいのか聞くたびに、お母さんは私をぶった。お母さんに笑ってもらえない自分が悲しくて辛くて、嫌だった。

私はお手伝いをした。弟の子守りをした。誰か他の人のためにたくさん働いた。そうするようになって、お母さんが私をぶつ回数は減った。

みんなのために頑張ればいい。そうすれば、私はみんなを不幸にしなくてすむ。私は小学校に上がる前からそう学習していた。

それからは友達のために何だってした。ケーコが困っていたら助けた。私はそれでケーコが幸せになると信じていた。カナミ先輩が嫌がることはしないようにした。それでカナミ先輩がニコニコしていてくれれば、自分のタイムなんかどうでもよかった。

私はみんなのために自分を削ってでも奉仕することで、ようやくみんなと一緒にいられると考えていた。それくらいしなければ自分はみんなに認めてもらえないと思っていた。

リョウと出会ったのはその頃だった。

どこか柔らかな雰囲気を持った男の子。今まで見てきた人とは全然違う、ってことがすぐにわかった。リョウは私に何も求めなかった。リョウと一緒にいると、他人のために何かしなくちゃという義務感がなぜか湧いてこない。私がなにもせずにいても、リョウは嬉しそうにニコニコ笑っていてくれるのだ。ほんわかとあったかくて、優しい。私のことを自由にさせてくれる。

不思議な人。大きな大きな綿菓子みたい。ふわふわ私のことを包み込んでくれる。トゲトゲしている時も、シクシクしている時も。そして、食べても食べてもなくならなくて、とても甘い……。

リョウのことが好きになったわ。

付き合い始めた頃は、本当に幸せだった。

だけど、すぐに私が幸せになる権利なんてないことを思い知らされた。

私の友達。ケーコ。小学校の頃から仲良くしていた子だ。私は彼女をひどい目に遭わせてしまった。AVに出させてしまったのよ。ケーコとは一緒に遊んだり、テストでズルっこをしたり、アルバイトをしたりした仲。私はケーコのことを何でも話せる友人だと思っていたけれど、ケーコはそうじゃなかったみたい。私のことを怖がっていたみたいだわ。あの子がAVに出たのも、私に対するあてつけのようだった。私が嫌いだったのかな……。詳しくは、わからない。私がケーコのためにと思ってしてきたことが、逆効果だったようだ。悲しい気持ちになる。ケーコはAVに出たことを私に告白する時、泣いていた。怒っていた。私のことを本当に憎んでいた。

私は……。

私は、本当に自分が大嫌いになった。


泣きたくて悲しくて、誰もいなそうな場所を探して歩き回った。遠くに鉄塔を見つけて、そこに向かって歩いた。そこで、ミツル君という友達ができた。

ミツル君は凄くいい子だったわ。大きな悩みを抱えているのにしっかりしていて、私は彼を尊敬した。彼の悩みの相談に乗ってあげた。せめて誰かの力になることができたら、少しは自分を好きになれるかと思ったから。

だけどダメだった。

正確にはミツル君の問題は少しだけ解決に向かわせることができた。でも、別の所で問題が起きてしまった。ミツル君の悩みを解決するために私はお母さんに一つ要求をしたの。でもそれが、お母さんには脅迫のように感じられたみたい。それどころか、「これ以上私をまだ不幸にしたいのかい？」って怒られた。その目。一瞬、殺意すら感じた。

そんなつもりじゃなかったのに。

お母さんだって、不倫なんかやめた方が幸せになれると思ったから言ったのに。

私が誰かを幸せにしようとすると、誰かが不幸になる。私は何をしようとしても、人を不幸にすることしかできないんだ。私が存在する限り、この世は悪い方向にしか向かわない。私は本当に絶望した。深く深く絶望した。

死んでしまいたい。

そう思うようになったわ。

だけど、ただ死ぬだけでは人に迷惑をかけてしまう。何かいい死に方を探そう。せめて死んだあと、カズヤやお母さんに少しでもいいことがあればいい。生命保険にでも入ればいいのかしら。そんなことを真剣に考え始めた頃、ワギが私にアプローチをかけてきた。結婚したいとまで言う。

ワギは嫌な奴だ。お金を持っているし、地位だってあるけれど。人間としての魅力を全然感じない。リョウの方が好き。ずっと好き。正直嫌でしかたがなかった。だけど、ワギがお母さんの借金を何とかすることができると言った時から、私の中で何かが吹っ切れた。

これだわ。

私の体。ワギが求める私の女の体。この体は、この時のために与えられていた。私自身を餌に、ワギを釣りあげる。ワギに借金をチャラにしてもらえば、お母さんとカズヤは苦しまなくて済む。そうしてもらおう。ワギと結婚して、お母さんの前で借金を処理することを宣言してもらおう。その後で死ねばいい。自殺する勇気はないけれど、ミツル君にお願いすればきっと殺してもらえる。ワギと結婚して、すぐに死ぬ。それが理想の死に方だ。

私はすぐに計画を進めることにした。ワギのプロポーズを受け入れる。そしてリョウには別れ話を切りだす。リョウとは別れたくない。できることならリョウと二人でいつまでも一緒に生きていたい。だけど、それは許されない。

私には大きな借金がある。優しいリョウのことだから、それを知ったら一緒に返済すると言って聞かないだろう。そんなことはしたくない。リョウの幸せの足を引っ張ることなんて、絶対に嫌だ。大好きなリョウだからこそ、私なんかの不幸に関係なく幸せになって欲しい。そうだ。優しいリョウだから、中途半端な別れ話ではダメ。

「僕に悪いところがあるなら直すし、二人の間に問題があるなら一緒に解決していこうよ」

そんなことを言うに決まっている。目に見えるようだ。そんな相談の余地を残さず、リョウが私のことを大嫌いになるような別れ方でなくちゃ。私への未練が一切消え去ってくれた方が、リョウは未来で幸せになるだろう。

……よし。

私は全てをうまく進めていった。

リョウとは決定的な別れ方をした。温厚なリョウが歯ぎしりをし、声を震わせていた。これ以上ない別れだろう。リョウは私を憎んだ。大嫌いになったはずだ。私のような人間と付き合っていたことを、後悔するほどに。

残念なことに、リョウと別れたことでカナミ先輩との仲も完全に険悪になってしまった。カナミ先輩も、リョウのことが好きだったらしい。自分勝手な理由でひどい別れ方をして、リョウを傷つけたのが気に入らなかったみたい。そりゃ、そうよね。私がカナミ先輩でも怒るわ。

覚悟を決めてしまったからか、私はもう何とも思わなかった。

どうせ私は近いうちに死ぬ。だから私のことを恨んでくれればいい。憎んでくれればいい。その方がいい。私のことを好きな人がいれば、私が死んだ時に悲しませてしまうだろう。そんなのは嫌だ。私が死ぬことで、みんなせいせいすればいい。みんながいい気分になって、幸せになればいい。生きている間に他人を幸せにできなかった私は、せめて死ぬことでみんなを幸せにしていきたい。

ミツル君には、結婚後に殺してもらうお願いをした。ミツル君は引き受けてくれた。

計画は最終段階だった。あとは、ワギに結婚の約束を実行させるだけ。


しかし、ワギはなかなか結婚を具体的な話にしようとしなかった。私がワギのプロポーズを受け入れたあの日から、気のせいかワギの心は少し落ちついてしまったように思える。このままでは困る。一刻も早く結婚してしまわなければ、私は死ぬことができない。今の状態で生きていることは嫌だった。

私は一つ策を練った。

ワギをデートに誘う。その場に、あらかじめ私の知り合いを集めておくのだ。もちろんワギには秘密で。そしてその場で、ワギに詰め寄る。「結婚するんだよね、私たち。いつにする？」と。

ワギは答えざるを得ない。そして、私の知り合いがそれを聞いてくれればもう証人になる。みんなの前で約束したも同然というわけ。問題は誰を呼ぶかだわ。とりあえずお母さんには来てもらうことにしよう。カズヤは、こういう面倒事にはなるべく巻き込みたくない。カズヤは呼びたくない。他にも誰か来てほしいな。私の身内でなく、誰か第三者の証人がいた方がいい。

私は駅前の交番でいつも挨拶をしてくれるお巡りさんを思い出した。確か川西さんだっけ。いつか落し物を届けてから、軽いおしゃべりもするようになった。私の下着が盗まれた時も笑顔で相談に乗ってくれ、パトロールを強化してくれた人だ。ちょっと私を見る視線が嫌らしくて、あまり好きになれないけれど。あの人たぶん、私に惚れているんだわ。男の人と大事な話をするので、立ち会ってくれませんかと言えば……来てくれそうな気がする。よし、それでお願いしてみよう。悪いけれど、利用させてもらう。

これで十分かな。念のため、もっと人数がいたほうがいいだろうか。……立会人は、多いに越したことはないような気がする。

後は、私がそういうことをお願いできるのは……ミツル君。それから、リョウ、カナミ先輩、友達……ううん、「元」友達の…ケーコくらいしか思いつかない。ケーコにあんなことをしちゃったのに、お願いするのは忍びないけれど。ケーコはどこか私に怯えていて、私の命令だったら従わなくちゃならないと考えているところがある。これも悪いけど……

利用させてもらおう。
　よし。書きだしてみよう。

・参加者
川西伸介　カワニシシンスケ
坂倉圭子　サカクラケーコ
吉田満　ヨシダミツル
榊依子　サカキヨリコ
桜井和義　サクライワギ
藤宮亮　フジミヤリョウ
佐久間香奈美　サクマカナミ

以上

　全部で七人。

リョウや、カナミ先輩とは関係は最悪の状態だ。こんな状態で私の結婚相手を紹介するから来て欲しいと誘うなんて、激怒されかねない。どうしよう。やめるべきか。ダメ元で頼んでみるか。私は思い悩む。

でも……激怒されようとも。

どうせ私は死ぬんだ。最後に恨まれるだけ恨まれてしまおう。

そうだよ。どうせ今だって、嫌われているんだ。みんなから憎まれているんだ。今更何も怖がることなんかないじゃないか。そう、世界中の全ての人は私のことが嫌い。希望なんか持つ必要ない。書いちゃえ。実際に書いちゃえ！

私はメモの端っこに

「みんなリエのこと嫌い」

と書いてみた。

アハハ。何だか少し、落ちついた。

そうだよ。そうだとも。その通りよ！

よし。これで全て、うまくいく。

そう……その時は、これでうまくいくと思ったんだ。

ああ。嫌だ。

もう自白したくない。

（……）

もう、自白したくないよ。

（続けなさい）

嫌だよ……。

（続けろ）

……。

ワギをデートに誘ったら、ワギはペンションを貸切で予約取ったから、そこでじっくり話そうと言ってきたんだ。たくさんの個室があって広いペンション。少し「私の友達」を連れて行った所で、別に問題ないだろうと私は踏んだ。本当は「私の友達」じゃなくて「立会人」なんだけど。

お母さん、川西さん、ミツル君、ケーコ、そしてリョウ、カナミ先輩。みんなにはそれぞれ来てもらうようにお願いをして、私はペンションに向かった。

ああ。ああ。

七人が集まった中でワギと話すことができたんだ。私の思い描いていた形が実現した。予定にない客人に困惑するワギ。そりゃそうよね、二人きりで話すつもりだったんでしょうから。私は何か聞きたそうにするワギを無視し、切りだした。

「結婚するんだよね、私たち。いつにする？」

ああ、嫌だ。

そこからが最悪だった。

私とワギの話をさえぎって、リョウがワギに食ってかかったのだ。すぐに二人の間で言いあいが始まった。それからはもう、よく覚えていない。どうしてこうなるの？

食堂から取ってきたアイスピックをリョウが振るい、ワギは折りたたみナイフで応戦した。止めようとする川西さんはワギに刺され、ワギをかばおうとしたお母さんはリョウに刺された。川西さんに刺さったナイフをリョウが抜いて手に持ち、ワギはお母さんに刺さったアイスピックを手にする。凶器を交換し、戦いは続いた。リョウをかばったミツル君とカナミが刺され、逃げようとしたケーコも巻き添えになった。そして二人は切り合いを続けて……そして……。

みんな、動かなくなった……。

さっきのミーティングみたいに。

（あら）

そうだ、みんな動かなくなったんだ……。

私の見ている目の前で……。

（……）

どうしてこんなことになったんだろう。

誰にも死んで欲しくなかったのに。

私が一番殺されたかったのに！

みんなが死んでしまった。そして私だけ取り残されてしまった。

そうよ、そうなってしまったのよ！

うわあああああ。

ぎゃあああああ。

（落ちつくのよ、リエ）

何よ！　私に呼び掛けないで。あなただってリエでしょう？　他人のふりをして、私に話しかけないで！

（落ちついて聞いて）

嫌！　気持ち悪い。どうして私に私が話しかけてくるの？　変だよ！　矛盾してるよ！

（私は私を守るために、私に話しかけているのよ。私の話を聞いて）

嫌だ嫌だ嫌だ！

（泣かないで）

泣くわよ！　悲しいもの。やりきれないもの。

（ねえ、よく考えてみて。こんな偶然、あるわけがないわよ）

どういうことよ。

（だってリエ、あなたはみんなから恨まれていたわけでしょう。憎まれていたわけでしょう。殺したいと思われていたわけでしょう。あなたはみんなに嫌われていた。あなたが気づいていたかどうか知らないけれど、それが事実。そこで倒れている七人全員がきっと、あなたを殺したがっていたはずよ。あなたに殺意を向けていたはずよ。七人もよ？　なのに、その七人が死んで、あなただけが生き残る。そんなこと、あるわけないでしょう？　よく落ちついて考えてみて。ね、そうでしょ。こんなあり得ないことが、現実なわけないわ。これは嘘よ。事実を誤認しているのよ。嘘よ嘘よ嘘よ）

う……そ……？

（そうようそようそようそようそようそようそようそようそでしかないわようそにきまっているわようそようそようそようそようそようそようそようそようそようそようそようそようそようそようそようそようそようそようそよそうよ）

うそ。これはうそ。

（あなたはもう死んでいるのよ。やっぱり、殺されたのはあなたなの。死んだあとの魂がここにいて、ぼうっと会議室を眺めているだけなのよ。倒れている死体はあなたの妄想。もうそう。うそ。そうようそ。ねえあなただけが殺されたのよ。ね、そう信じるしかないわよね。その証拠にほら、生きているのはあなた一人じゃない。さっきまでいた七人が誰も生きてないでしょ。よく考えてみて、ここは死後の世界。死後の世界で生きているあなたは、つまり死んだのよ。死後の世界に来ていないみんなは、まだ生きているの。私を信じて。信じなさい。信じた方が、楽でしょう）

……そうね。

（でしょう？　やっと落ち着いてきたみたいね。そう、私を信じていればいいのよ。ここは死後の世界。リエ、あなたは殺されたの。……まだすっきりしないみたいね。それはね、あなたが殺された実感をちゃんと持っていないからよ。誰にどうやって殺されたのか、忘れてしまっているからよ）

そうなのかな。

（ええ。大丈夫。ゆっくり思いだしていけばいいわ。いい？　ほら、想像してみて。殺されたあなた以外の七人が今、それぞれ何を考えているのか。誰があなたを殺したのか。この七人のうち、誰がリエを殺したのか考えてごらん。みんな殺意を持っているから、全員が犯人になりえるわ。もちろん死後の世界であるここには証拠品なんかないから、推測で考えるしかないけどね。誰が真犯人なのか、はっきりしてしまえばきっと落ちつくわ。ねえわかる？　七人のことを思い出して。みんながどういう殺意を抱いていたのか、想像して。そして誰がリエを殺したのか、決めて。これは真犯人を明らかにするのが大事なんじゃないのよ。それを求めたら、いつまでも答えなんか出ないからね。真犯人を決めてしまうのが大事なの。そうして、ちょっと落ちつきましょう）

え……そんな……。

（七人がみんな集まって、それぞれ殺した理由を述べているところを想像してごらん。現実世界ではきっとそういうことが今頃行われているはずでしょう。その場面を、幽霊になったあなたが覗くような気持ちで想像してごらん。その七人の会議をよく聞いていけば、

きっと真相がわかるわよ。あなたは殺されたの。その真実につながる事実が、浮かび上がってくるはずよ)

そうかな。そうかな？　そう？　かな？

(そうよ)

そうかな。

(そうよ！)

そうだね。

(ええ。その通りよ。さっきはちょっと失敗したけど。さあ、もう一度やり直し。ゆっくり考えましょう)

うん。

……。

(目を閉じて……)

(……)

〈榊カズヤの動向〉


「姉さん！」

　確かに姉さんだ。オレは姉さんに駆け寄る。途中、ぐにゃりという感触。死体をふんづけたらしい。構うものか。

「姉さん！　しっかりして。姉さん！」

　オレは近づいて体を揺さぶる。姉さんに傷はないようだ。だけど、目が宙を泳いでいる。どこにも焦点が合っていない。放心状態だ。

「姉さん！　何があったの！」

　オレは姉さんの視界の中に自分の顔を持っていく。

　気づいてくれ。姉さん。オレだよ。オレが来たんだよ！

　お願いだよ、姉さん。

　姉さんは表情を変えないまま……手を少しだけ、上げた。

「姉さん……？」

　その手はゆっくりと持ちあがり、オレの頭のそばまでやってくる。さらり。オレの髪をかすめるようにして、姉さんがオレを撫でた。姉さんの撫で方だ。小さい頃から何度も何度も撫でてもらった。懐かしい姉さんの撫で方だ。オレのことをいつも大切にしてくれていた。オレのことを愛してくれていた。

姉さん。
姉さんの手は力尽きたようにぱったりと落ち、姉さんは目を閉じた。死んではいない。
脈はある。呼吸もしている。しかし。
姉さんが再び目を開くことは、なかった。

〈第七回ミーティング（最終）終了　休憩時間：なし〉

まっくらだわ。
（死後の世界だから当然よね）
私が殺されたということは、リョウも私を殺したのかしら。
（そう考えるのが自然よね）
リョウ……。
（私は何を考えているのだろう？　リョウが私に殺意を抱くことが、悲しい）
私とリョウは、わかり合っていたよね？
（他の人とはすれ違ってばかりだったけど、リョウは違ったよね）
私はリョウが好きだった。
（リョウも私のことが好きだったよね？　そう、信じていいよね）
リョウが私を憎しみから殺したとしても……。
（リョウ、私のことが好きだったことに、気づいてくれるよね）
そうだといいなあ……。
（ねえ、リョウ。私、自白するよ）
聞いてないかもしれないけれど、言わせて。
（リョウ）

わたしはわたしは、ほんとうは……あなたがすきだった。

闇の中で一瞬、リョウの笑顔が見えた気がした。

了

本作は二〇一二年角川書店より刊行されたものに加筆、訂正した新装版です。本作品はフィクションです。実際の人物や団体、地域とは一切関係ありません。

何なの、ここは……
撃っていい?
のウソで
全てが
れ落ちる!
ひっ…
がっ
がっ
んぐっ
LINEマンガ&
comic コロナ
TOcomics
TOブックスが贈るWEBcomic
にて絶賛連載中!!

――― 二宮敦人、

悪鬼のウイルス
原作：二宮敦人　漫画：鈴丸れいじ
1
累計
50万部突破！
最後の医者シリーズ
著者が放つ衝撃のホラーサスペンス、
コミカライズ1巻！
たった一度
人生の
崩
好評発売中！

こんなになっちゃってたんです
に見つかる、
バラの遺体。
連続殺人犯は誰だ？
痛いかもしれないね
でも我慢してくれるだろう？
……僕の
COMIC コロナ CORONA TOcomics
TOブックスが贈るWEBcomic
にて絶賛連載中!!

ドールハウスの人々
原作：二宮敦人　漫画：pikomaro
累計
50万部突破！
最後の医者シリーズ
著者が放つ壊れすぎたホラーミステリ、
コミカライズ始動！
ほら
次々バラバラ狂気の
素敵な作品になったじゃない

TO文庫

僕が殺しました×7

2021年3月1日　第1刷発行

著　者　二宮敦人

発行者　本田武市

発行所　TOブックス
〒150-0002 東京都渋谷区渋谷三丁目1番1号
ＰＭＯ渋谷Ⅱ　11階
電話0120-933-772（営業フリーダイヤル）
FAX050-3156-0508

フォーマットデザイン　金澤浩二
本文データ製作　TOブックスデザイン室
印刷・製本　中央精版印刷株式会社

PrintedinJapanISBN978-4-86699-170-2